CARAMBA!

Caramba !

Yak Rivais

Caramba !

Neuf

l'école des loisirs

11, rue de Sèvres, Paris 6e

Loi n° 49.956 du 16 juillet 1949 sur les publications destinées à la jeunesse : mars 2003
Dépôt légal : mars 2003
Imprimé en France par la Société Nouvelle Firmin-Didot au Mesnil-sur-l'Estrée (62760)

« Les miroirs sont les portes par lesquelles
la Mort va et vient. »

Jean Cocteau

I

Pendant la récréation, on n'avait pas le droit de remonter en classe. Ça n'arrangeait pas Antoine.

– J'ai oublié mes images ! ronchonnait-il au moment de faire l'échange avec les camarades.

– Va les chercher ! dit Gwenn.

– Tu sais bien que c'est interdit, rappela Joseph.

Les trois garçons se trouvaient près de la porte du préau. Gwenn haussa les épaules :

– Si tu fais vite, personne n'en saura rien !

Antoine hocha la tête :

– Et si je me fais pincer ?

– Tu seras puni, annonça Joseph.

Gwenn ricana, moqueur :

– Tu veux que je t'accompagne ? Que je te prenne par la menotte, gros bébé ?

– Voui m'man ! fit Antoine pour entrer dans le jeu.

– Comme ça, vous serez punis tous les deux, conclut Joseph.

Antoine et Gwenn se défiaient du regard.

– Alors ? fit Gwenn. On y va ou on se dégonfle ?

– On y va ! décida Antoine.

Il se faufila dans le préau, Gwenn sur ses talons. Les enfants coururent à l'escalier, la classe étant au deuxième étage. Joseph resta dehors.

– Où qu'ils vont ? lui demanda soudain une voix qui le fit sursauter

C'était Rosine.

– Antoine a oublié ses images en classe, la renseigna Joseph. Ça te regarde ?

– Moi j'ai oublié ma corde à sauter !

La fillette bondit dans le préau droit vers l'escalier. Devant elle, les garçons avaient dû dépasser le palier du premier étage car elle entendait leurs pas assourdis. Elle se hâta à leur poursuite. Elle appelait à mi-voix, comme s'ils pouvaient entendre :

– Attendez-moi !

Elle dépassa le premier étage où se trouvait le bureau du directeur. Elle s'essoufflait :

– Attendez-moi !

Les garçons accédaient au deuxième étage. Ils pivotèrent au bruit. Rosine les rattrapa.

– Tu m'as fait peur ! avoua Antoine. Qu'est-ce que tu veux ?

– Je vais avec vous ! J'ai oublié ma corde !

– On n'a pas besoin de toi ! riposta Gwenn.

Ils jetaient des regards furtifs derrière eux.

– Le maître est en bas dans la salle des maîtres, les informa Rosine. Je l'ai vu y entrer.

– Dépêchons-nous ! souffla Antoine.

Le trio atteignit le couloir. Une petite fille du cours préparatoire stationnait devant la porte de la classe.

– Qu'est-ce que tu attends ? lui demanda Rosine.

La petite portait un classeur, gros pour elle, sous un bras. Elle répondit en zozotant car elle avait perdu une incisive :

– Z'ai dézà frappé, mais za ne répond pas.

– Forcément ! dit Antoine. Il n'y a personne.

– Donne, dit Gwenn en la débarrassant de l'encombrant classeur. On va le déposer sur le bureau.

Antoine poussa la porte de la classe. Alors, il se produisit une chose inattendue. Une minuscule forme jaune et bondissante traversa la salle en diagonale sur le carrelage : frrtt ! frrtt ! comme un trait lumineux en provenance du fond...

– Ah ! s'écria Rosine. Une souris !

– Mais non ! protesta Gwenn, et il avança dans la classe en déposant le classeur sur la première table d'écolier à sa gauche.

– Une zouris ? répéta la petite du cours préparatoire en se dissimulant derrière Rosine. Z'aime pas za, les zouris !

La forme jaune et bondissante était arrivée sous le bureau du maître. Elle l'escalada et se réfugia dans le tiroir du bas entrouvert. Antoine bêla de surprise :

– Bééé ! C'est un petit bonhomme !

– Quoi ? s'écria Rosine qui n'avait rien vu.

– Caramba ! lança Gwenn à son tour. C'est un bonhomme jaune ! Il vient de sauter dans le tiroir !

Il courut au bureau avec Antoine. Rosine demeura près de la porte avec la petite du cours préparatoire. Au même instant, la forme jaune, juchée sur un objet élevé dans le tiroir, reparut. Les garçons s'immobilisèrent, les yeux ronds :

– C'est un bonhomme jaune, nom d'un petit bonhomme ! ricana Antoine. Il est jaune comme un bouton-d'or et barbu comme le Père Noël !

– Attrape-le ! dit Gwenn, et il se jeta en avant pour mettre son projet à exécution.

Mais le bonhomme éleva un bras dans leur direction. Il poussa un cri guttural et, en même temps, une espèce d'éclair aveugla les garçons. Ils restèrent figés comme deux statues de plâtre.

– Qu'est-ce qui se passe ? demanda Rosine derrière eux.

– Z'est la zouris verte? s'enquit la fillette du cours préparatoire en risquant un œil. Pourquoi qu'elle est zaune?

Mais les deux garçons pétrifiés s'étaient mis à rapetisser à toute vitesse. Leur taille diminuait, diminuait! En trois secondes, ils ne furent pas plus grands que des soldats de plomb!

– Caramba! leur cria Rosine interloquée. Qu'est-ce que vous fabriquez?

La petite du cours préparatoire observait le prodige. Elle pointa l'index sur les minuscules écoliers:

– Z'ai zamais vu za! dit-elle. Ils zont riquiqui!

Le bonhomme jaune s'était engouffré dans le tiroir. Sur le carrelage, Gwenn et Antoine retrouvaient l'usage de leurs membres et gesticulaient. Ils vociféraient mais leurs voix ne portaient pas plus que des pépiements de mésanges dans une soirée techno. Rosine s'approcha:

– Qu'est-ce que vous dites?

Ils s'égosillaient. Elle s'agenouilla, l'oreille dans la direction de ses camarades minuscules.

– Dépose-nous dans le tiroir! criaient-ils. Vite! Vite!

– Quoi?

– On doit rattraper le bonhomme! Si on veut retrouver notre taille!

– Ah oui! Oui!

Rosine étendit la main paume ouverte. Les deux gamins sautèrent dedans comme deux grosses sauterelles, ce qui la fit tressaillir. Ils perdirent l'équilibre, protestèrent :

– Cesse de faire l'andouille !

– Heu... Je...

– Dépose-nous dans le tiroir !

– Oui ! Oui !

La petite du cours préparatoire riait nerveusement, un doigt dans la bouche :

– Hi-hi-hi ! Les garzons, ils zont pas plus gros que des pinzes à linze !

Déplaçant sa main sans à-coups, Rosine atteignit le bord du tiroir. Gwenn y sauta le premier, Antoine à ses basques. Rosine les vit s'enfoncer dans la pénombre parmi des objets confisqués : billes, balle de ping-pong, images, faux nez, chewing-gums, petite auto, ficelle, et des objets scolaires tels qu'équerres, éponges, rouleau de scotch, compas, pelote de fil, gomme, carnets. Elle appela :

– Où est-ce que vous allez ?

– Si on te le demande... riposta une voix qui s'avérait être celle de Gwenn.

Mais frrtt ! frrtt ! Il y eut un mouvement rapide dans le tiroir. Rosine et la petite du cours préparatoire virent la forme jaunâtre surgir de derrière une agrafeuse, rebondir sur une gomme comme sur un trampoline, et sauter à pieds joints sur un miroir de poche posé face en l'air entre un pot de colle et une bobine de bolduc. Rosine cria :

– Ah !

Le petit homme barbu venait de s'enfoncer dans le miroir comme dans une mare d'eau, sans éclaboussure. Rosine n'en revenait pas :

– Il... Il a... Il a sauté dans...

Elle resta pantoise, car derrière le petit homme, elle identifia ses camarades mais n'eut pas le temps de les appeler. Gwenn avait sauté dans le miroir et s'y engloutissait à son tour. Rosine bégayait :

– Il... il... il a... il a...

Antoine arrivait. Il sauta dans le miroir et s'y noya comme ses prédécesseurs. La petite du cours préparatoire avait rejoint Rosine et tirait sur sa jupe :

– Za zonne !

– Hein ?

La petite devait avoir dit cela déjà plusieurs fois, mais elle insistait, tiraillant la jupe de la grande :

– Dis ! Za zonne !

Rosine écarquillait les yeux. Elle les referma avec force et secoua la tête, faisant flotter sa natte dans les deux sens. Puis elle allongea le cou vers le tiroir, attira celui-ci à elle. Rien. Plus rien dedans. Le bonhomme jaune, Gwenn et Antoine n'étaient plus là.

– Za zonne !

– Quoi ? dit Rosine en se retournant.

– Za zonne, répéta la petite pour la énième fois. Il faut deszendre ze mettre en rang.

– Hein ? Ça sonne ? Oh !

Rosine fit demi-tour en repoussant le tiroir d'un geste brusque. Elle saisit la main de la petite fille :

– Caramba ! Mille pétards !

Elles dévalèrent ensemble les escaliers. Rosine grommelait, elle parlait toute seule :

– Ils ont plongé dans le tiroir ! Ils ont traversé le miroir !

– Za rime ! fit remarquer la petite du CP.

II

Les deux garçons étaient dans un large espace embrumé. Des pierres plates gisaient au sol, de part et d'autre d'allées gravillonnées, et des pierres debout se dressaient parmi des croix de marbre ou des statues de granite. Des maisonnettes étroites étaient visibles derrière des haies de buis, d'ifs et de cyprès. Antoine agrippa l'avant-bras de Gwenn :

– Caramba ! On est au cimetière !

Des petites flammes dansaient en l'air et s'éteignaient.

– Oh ! Des feux follets ! s'écria Antoine.

– Des œufs mollets ? fit Gwenn.

Antoine éclata de rire. Les garçons stationnaient au pied d'une colonne de pierre érigée sur un piédestal bâti lui-même au haut d'une volée de six marches des quatre côtés.

– Nous voilà dans de beaux draps ! grommela Antoine en désignant le cimetière d'un large mouvement du bras. Je dirai même plus : dans de beaux linceuls !

– Je me demande où a pu filer le bonhomme jaune !

Gwenn cherchait partout. Il monta au sommet des marches du monument pour mieux observer. Antoine jeta un cri :

– Hé ! Les marches !

– Qu'est-ce qu'elles ont ? fit Gwenn à demi retourné.

– Elles sont à notre taille !

– Et alors ?

– Alors ça veut dire que nous avons retrouvé notre taille normale, ou que tout ici est minuscule. Si nous étions restés petits, chaque marche serait un vrai mur pour nous !

Gwenn réfléchissait. Ça ne lui arrivait pas souvent. Généralement, il agissait d'abord et pensait quand il avait le temps.

– Heu… Tu as peut-être raison, admit-il enfin.

– Te rappelles-tu où nous sommes arrivés ? demanda Antoine.

– Oui, près de la tombe rose à côté de cette espèce de poteau de pierre, dit Gwenn en redescendant du piédestal.

– Ce n'est pas un poteau, fit alors une voix miaulante, c'est une lanterne des morts !

Les gamins relevèrent la tête. À la base de la colonne s'ouvrait une niche, et dans cette niche quelque chose avait bougé : un chat.

– Qui est-ce qui a parlé ? demanda Gwenn. Tu as entendu ?

– C'est peut-être le minou ! ironisa Antoine afin de se donner du courage.

– Tu l'as dit ! remiaula la voix, et un chat noir surgit hors de la niche. Ce que vous appelez un

« poteau » est un pilier creux du Moyen Âge. On logeait une lanterne allumée dans la niche et la lumière fusait en haut du tube de pierre pour veiller sur les âmes des défunts. Je me demande ce que l'on vous apprend à l'école !

– On nous y apprend que les chats ne parlent pas ! riposta Gwenn du tac au tac.

– Et qu'il ne faut pas leur donner sa langue ! compléta Antoine.

– D'accord, admit le chat. Mais moi, je ne suis pas un chat banal. J'ai des tas de pouvoirs extraordinaires.

– Dans ce cas, fit Gwenn, peux-tu me dire où est passé le bonhomme jaune ?

Le chat ricana. Il piqua une patte antérieure en direction de la terre, sous le monument :

– Là-dessous. C'est un Troll. Il n'est pas tout seul. Les Trolls vivent et travaillent là-dessous, tout le monde sait ça !

Les garçons se regardèrent. Derrière eux, le soleil perçait les lambeaux de brume. Un feu follet passa, tout de suite escamoté.

– Qu'est-ce que tu peux nous dire d'autre ? demanda Antoine au chat.

– Je ne donne rien pour rien.

– Qu'est-ce qui te plairait en échange ? J'ai une pelote de ficelle si tu veux t'amuser avec.

Il la tira de la poche de son pantalon. Le chat renifla avec dédain :

– De la ficelle ! On aura tout vu !

– Bon. Qu'est-ce que tu veux? demanda Antoine en rempochant son cadeau.

– Votre âme. Et je vous donnerai de l'or.

– Notre âme? fit Antoine. Tu peux te brosser, mon minou!

– Je vous rendrai riches, immensément riches, pendant toute votre vie! Qu'est-ce que vous en...

– Par où a-t-il filé? le coupa Gwenn, obsédé par son désir de rattraper le barbu.

– Par là, répondit le chat en désignant vaguement d'un coup de menton un sentier qui menait à plusieurs chapelles derrière les cyprès.

Le soleil, réveillé, dissipait les brumes. Gwenn vérifia:

– Par les chapelles?

Le chat hocha la tête.

– Laquelle?

– Cherche! miaula le chat noir. Fais travailler ta cervelle plutôt que ta langue.

Gwenn fit quelques pas en direction des cyprès. Antoine s'assit sur une marche au pied de la lanterne des morts.

– On ferait mieux, cria-t-il à son camarade, de revenir en classe. Le maître va s'inquiéter!

Gwenn dépassa la haie de cyprès sans répondre, se contentant d'agiter la main comme pour lancer une poignée de sel derrière l'épaule. Le chat se laissa choir du rebord de la colonne à côté d'Antoine. Il vint se frotter au garçon en ronronnant:

– Je peux te crotter de l'or...

Antoine éclata de rire.

– C'est la vérité ! insista le chat. Si tu me cèdes ton âme, j'en crotterai autant que tu voudras !

Antoine sourit. Machinalement, il caressa la tête du matou.

Le poil électrique crépitait, crachait des étincelles. Antoine releva la main :

– Tu ne me raconterais pas des fariboles, par hasard ?

– Non ! Tu veux une démonstration ?

– Sûr que j'aimerais voir ça, caramba !

Gwenn rôdait autour des chapelles à plus de cinquante pas.

– Bon, dit le chat, je vais procéder à une « petite » (il insista sur l'adjectif), « petite » démonstration. Mais si tu me vends ton âme, tu auras droit ensuite à de plus grosses commissions.

– Merci bien ! railla Antoine.

Le chat s'écarta, grimaça. Antoine ne le quittait pas des yeux. Le chat ronronna :

– Regarde ailleurs, s'il te plaît. Ça me gêne, tu comprends...

Antoine se leva, descendit au pied du monument jusque dans l'allée. Il héla son camarade :

– Gwenn ! Tu trouves quelque chose ?

Pas de réponse de Gwenn, mais une du chat noir derrière lui :

– Tu peux te retourner, c'est fait !

Il se rengorgeait à côté de quelque chose gros comme un osselet, qui brillait tout jaune sur la pierre. Antoine s'approcha.

– C'est une pépite d'or, déclara le chat fièrement. Tu peux la ramasser.

– Ce n'est pas de la… commença Antoine avec dégoût.

– Non ! C'est de l'or pur !

Antoine attrapa prudemment la chose entre le pouce et l'index : elle était solide et brillante.

– Caramba ! s'écria le garçon éberlué. Le chat crotte de l'or !

Gwenn était occupé ailleurs. Antoine se rassit sur une marche, la pépite entre les doigts.

– Tu peux la garder, ronronna le chat noir.

– Merci. Mais… Heu… Elle ne risque pas de redevenir heu… ?

– Mais non. Je peux t'en crotter des plus grosses, et même des lingots si tu me vends ton âme.

– Des lingots ! éclata de rire Antoine. Dis donc ! Ça doit faire drôlement mal quand ça sort !

– C'est mon affaire, se rembrunit le chat. Mais si tu en possédais, tu ne cracherais pas dessus !

– Je ne dis pas, reconnut Antoine. Mais je ne peux pas te vendre mon âme. D'ailleurs, ajouta-t-il, je ne sais pas ce que c'est, je ne sais même pas si j'en ai une, et encore moins où !

Le chat se toucha le poitrail du bout d'une patte :

– Là ! dit-il, très sérieux.

– Entre les poumons et l'estomac ?

Gwenn revenait, préoccupé. Antoine se leva :

– Tu as vu ça ? dit-il en brandissant la pépite d'or. Le minou crotte du dix-huit carats !

– J'aimerais mieux savoir où est passé le barbu !

– Tu n'as rien découvert ?

Les deux camarades s'étaient rejoints dans l'allée. Antoine empocha sa crotte d'or.

– Est-ce qu'on ne ferait pas mieux de revenir en classe ? suggéra-t-il.

Gwenn repoussa la proposition d'un haussement d'épaules.

– Qu'est-ce qu'il y a dans les chapelles ? se renseigna Antoine.

– Rien. Les grilles d'entrée sont à moitié ouvertes et des marches descendent à des pierres tombales. À part ça, c'est vide !

Le chat miaula, de loin :

– C'est vide pour ceux qui ne voient rien !

– T'occupe ! riposta Gwenn.

– On ferait mieux de rentrer en classe, dit Antoine avec conviction.

– Rentre si tu veux. Moi je ne quitte pas le cimetière avant d'avoir forcé le bonhomme à me rendre ma taille !

– On reviendrait ensuite ? plaida Antoine. On ferait juste un aller-retour en classe pour avertir le maître ?

– Vas-y si tu veux. Moi j'inspecte les lieux. On se retrouve ici.

Gwenn reprit le chemin des chapelles en grommelant :

– Si le bonhomme est passé par là, il a dû laisser des traces !

Comme il s'éloignait, Antoine le relança :

– Tu n'entreprends rien sans moi ! D'accord ?

– Oui oui.

Gwenn allait vers les chapelles. Tête basse, il cherchait des indices sur les gravillons. Au-dessus du cimetière, le soleil tout neuf chassait les derniers filaments de brume et réchauffait les pierres polies. Antoine fit demi-tour, contourna la lanterne des morts en direction de la tombe rose près de laquelle ils avaient atterri. Le chat vint se frotter à ses jambes :

– Si c'est la sortie que tu cherches, tu ferais mieux de me vendre ton âme !

– Et pourquoi, s'il te plaît ?

– Parce que les miroirs n'ont qu'une face.

Antoine s'immobilisa. Là-bas, derrière la barrière des cyprès, Gwenn inspectait les chapelles.

– Explique-toi, minou ! exigea Antoine.

– Tu as sauté de ton monde ici à travers le miroir, pas vrai ? Bon. De quel côté se trouvait la face du miroir ? Vers le haut ou vers le bas ?

– Vers le haut, pardi !

– Et tu crois peut-être qu'elle s'est retournée depuis ?

– Non, bien sûr ! Le miroir était dans le tiroir, face en l'air.

– Comment y entreras-tu, dans ce cas ?

Antoine resta muet. Là-bas, Gwenn ressortait d'une première chapelle vers la suivante, l'air tendu.

– Heu... On est obligé de passer par la face réfléchissante ? vérifia Antoine plutôt penaud.

Le chat hocha la tête.

– Mais... mais... bredouilla Antoine. Comment le barbu jaune a-t-il pu entrer en classe alors ?

– Il aura trouvé une autre entrée, supposa le chat. Tu ferais mieux de me vendre ton âme...

Ils étaient à côté de la tombe de granite rose et il n'y avait pas de miroir.

– Caramba de caramba ! s'écria Antoine en se laissant choir sur la dalle de pierre.

Il n'en menait pas large. Il pensa que le bonhomme jaune s'était introduit dans la classe par un autre chemin que le chat connaissait sans doute et…

– Stop ! miaula le chat noir qui semblait deviner ses pensées. Je n'en sais pas plus que toi là-dessus.

– Mais ? objecta Antoine. Est-ce que le barbu aurait pu entrer dans notre classe par pur hasard ?

– Pourquoi pas ? miaula le chat d'un air énigmatique. Sauf que ça ne devait pas être sa première visite puisqu'il savait comment repartir…

Le garçon avait pris sa tête dans ses mains avec désespoir.

– Tu ferais mieux, commença le chat…

– Des clous ! répliqua Antoine.

III

Que se passait-il à l'école ? Rosine et Muriel, la petite zozoteuse du CP, étaient descendues dans la cour alors que les écoliers s'alignaient par deux devant la porte d'entrée principale du préau. Elles se séparèrent. Rosine courut rejoindre sa classe. Par chance, le maître, M. Lebois, n'était pas encore arrivé, retenu à discuter à l'écart avec deux collègues par le directeur, M. Mercier. Rosine s'insinua dans l'alignement.

– D'où que tu viens ? s'enquit sa voisine Amélie.

– Tu es montée en classe ! soupçonna Sophie-la-curieuse, derrière elles.

– Attention, voilà le maître ! chuchota Éléonore.

– Je vous raconterai ! promit vivement Rosine. C'est imini… inimi… zut ! iminaginable !

– Qu'est-ce qui est comme tu dis ? demanda Sophie-la-curieuse.

– Un truc ! Un truuuc ! Un trûûûc ! s'écria Rosine en montant le ton.

– Attention ! répéta Éléonore.

Le maître arrivait. Les rangs rectifièrent l'alignement. D'un geste, le maître libéra les enfants de tête et la classe entra dans le préau vers le deuxième étage. Par habitude, M. Lebois comptait les élèves…

– Je ne vois pas Antoine, dit-il. Et naturellement, je ne vois pas Gwenn. L'un ne va pas sans l'autre!

Il pressa le pas, gravissant les marches par deux pour rattraper les premiers. En queue de rang, Rosine s'affolait:

– On n'est pas près de les revoir!

– Qui? vérifia Amélie.

– Gwenn et Antoine!

– Où qu'ils sont? demanda Sophie.

– Je ne peux pas vous le dire! répliqua Rosine avec des mines d'actrice de tragédie.

– Chut! dit Éléonore.

Le maître attendait, recomptait les enfants au passage. Il toucha le bras de Françoise parce que la gamine avait la faculté bien connue de disparaître au contact d'une porte ou d'un mur, et, constatant sa présence, repartit en tête du peloton. Sophie-la-curieuse actionna le bras de Rosine comme une pompe à eau de l'ancien temps:

– Où qu'ils sont? Tu sais quelque chose?

– Je ne peux pas vous le dire! chuchota Rosine. C'est imina… enfin…

– Tu nous l'as déjà dit! fit remarquer la grande Manuela. Change de disque!

La colonne s'arrêta devant la porte d'entrée de la salle de classe au deuxième étage.

– Entrez, dit le maître.

Les enfants passèrent, deux par deux, recomptés par M. Lebois qui resta le dernier dans l'ouverture et un peu penché vers le couloir. Visiblement, il espérait l'arrivée des retardataires. Mais personne ne venait. Les écoliers, ayant gagné leur place, s'asseyaient aux tables. Déjà, des têtes s'inclinaient vers d'autres et les commentaires circulaient. La nouvelle de l'absence d'Antoine et Gwenn rebondissait comme un torrent de montagne. Le maître entra, les yeux braqués sur ses élèves.

– Où sont Antoine et Gwenn? interrogea-t-il.

Pas de réponse. Les enfants soutenaient son regard: ils ne savaient rien, ne dissimulaient rien. Sophie toucha l'avant-bras de Rosine, mais l'enfant se dégagea.

– Qui a joué avec eux pendant la récréation? se renseigna le maître.

Personne ne levait le doigt. Mais comme un mouvement d'ensemble s'opérait autour de Joseph, c'est à lui que le maître s'adressa:

– Joseph?

– Heu... Je ne sais pas... Ils sont peut-être chez le directeur...

Le maître le dévisageait. Joseph se troubla, rougit, il ne savait pas mentir.

– Toi, soupçonna le maître, tu sais quelque chose. Ils ont fait une bêtise?

– Heu non, mais heu, oui, enfin heu, peut-être bien que oui...

– Qu'ont-ils fait?

La classe attendait.

– Heu, c'était au commencement de la récréation, murmura Joseph. Antoine avait oublié ses images en classe, alors il est remonté les chercher avec Gwenn... Le directeur les a peut-être piqués...

Le maître hocha la tête :

– Il ne les a pas « piqués », comme tu dis, pour la bonne raison qu'il était dans la salle des maîtres.

Joseph eut un geste d'ignorance. Certes, il aurait pu révéler que Rosine avait fait partie de l'expédition, mais il se contenta de lui adresser un regard bref. Le maître s'interrogeait :

– Il ne faudrait pas qu'il leur soit arrivé quelque chose. Stanislas, va voir tout de même chez le directeur...

Le garçon, le plus tranquille de tous les élèves, se leva et se dirigea vers la porte. Joseph s'était mis à invectiver Rosine muettement et par gestes afin de l'inciter à parler. Elle était fébrile, énervée :

– Moi je sais où ils sont ! s'écria-t-elle enfin, à l'instant où Stanislas posait la main sur la poignée de la porte.

Il s'immobilisa, tout le monde se retourna. Le maître invita le garçon à regagner sa place. Rosine tremblait, toute pâle. Il devait se passer quelque chose, et chacun attendait la suite, en mal d'aventures !

– Alors ? demanda le maître. Où sont-ils ?

La fillette indiqua timidement du menton la direction du bureau du maître.

– Là, dit-elle.

Et elle avala sa salive.

– Pardon ? dit le maître sans comprendre.

La classe écoutait, tellement silencieuse qu'on aurait entendu une mouche insulter l'autre au ras du plafond. Rosine afficha un air mi-embarrassé mi-amusé, presque satisfaite d'être la vedette de l'affaire. Elle pointa l'index droit sur le bureau :

– Là, répéta-t-elle.

Personne ne comprenait. Le maître insista :

– Explique-toi. Où sont tes camarades ?

Rosine respira un bon coup, comme pour avaler une potion amère, et lâcha d'un trait :

– Dans le tiroir !

La classe éclata de rire. On s'était attendu à tout sauf à ça. M. Lebois lui-même souriait, se mordillait la lèvre inférieure pour ne pas partager l'hilarité générale. Il plaça finalement une main devant sa bouche et leva l'autre :

– Tout cela est divertissant, j'en conviens. Peux-tu me dire à présent où sont « réellement » Antoine et Gwenn ?

Rosine écarta les bras, évidente :

– Dans le tiroir du bas.

Nouvelle explosion de rire. Rosine affronta les autres avec un sourire gêné. Le maître s'approcha de sa table :

– Rosine, réclama-t-il, cesse de plaisanter.

– Oui.

– Où sont Antoine et Gwenn?

– Dans le bureau. Dans le tiroir du bas.

Les élèves riaient toujours. La gamine se défendit, dominant peu à peu le brouhaha:

– On était montés en classe. On a vu un petit homme jaune et barbu…

Les élèves ricanèrent. Le maître leva les yeux au plafond.

La fillette tendit le bras droit devant elle avec fermeté :

– Je jure que je dis la vérité ! cria-t-elle. Il y avait un minuscule bonhomme jaune ! Il a traversé la classe en bondissant, même que je l'ai pris pour une souris !

Les élèves ne riaient plus. Ils échangeaient des moues dubitatives. Certains n'hésitaient pas à désigner leurs yeux pour évoquer l'expression : « Mon œil ! »

– Et après ? demanda le maître. Que s'est-il passé ? Qui était avec vous trois ?

– Muriel, une petite du CP. Elle apportait un classeur pour vous. Tenez, il est sur la table d'Omar.

– Et ensuite ? réclama le maître. Mets-le sur mon bureau, ajouta-t-il pour Omar qui s'était levé, muni du classeur.

– Ensuite, dit Rosine en rassemblant ses souvenirs, Gwenn et Antoine ont voulu capturer le bonhomme mais il a fait un geste bizarre, il y a eu un éclair, et ils se sont mis à rapetissir, à rapetissir…

– Rapetisser, corrigea le maître.

– Oui ! Ils sont devenus pas plus grands que des soldats de plomb pendant que le barbu s'enfuyait dans le tiroir…

Silence. Le maître se pinçait les lèvres. Il les allongea en bec de canard, regagna son bureau…

– Hum ! fit-il, et un murmure lui fit écho dans la classe.

– C'est la vérité ! s'écria Rosine. Je n'osais pas bouger ! C'est Antoine et Gwenn qui m'ont ordonné de les déposer dans le tiroir parce qu'ils voulaient rattraper le barbu jaune…

– Ben pour quoi faire ? grogna Boubakar.

– Pour le forcer à leur rendre leur taille, patate ! s'écria Alice-la-râleuse. C'est logique !

– En effet, estima le maître. Plus logique que de traiter Boubakar de patate.

Mais on voyait bien qu'il restait sceptique :

– Et donc ils sont tous entrés dans le tiroir ?

– Oui ! J'ai vu le bonhomme jaune sauter dans un miroir – celui que vous avez confisqué à Manuela parce qu'elle jouait avec en classe – et Antoine et Gwenn ont plongé dedans après lui.

– Ils ont pété le miroir ? gloussa Kevin.

– Non ! Ils ont disparu dedans !

Un long murmure fit frissonner la classe.

– Peuh ! fit entendre Alice. Ce n'est pas difficile !

– Je voudrais t'y voir ! la défia Kevin. (Et il ajouta :) Crâneuse !

– Silence ! ordonna le maître. (Il réfléchissait :) Donc il n'y a plus personne dans le tiroir ?

Il contourna le bureau. Les élèves se levèrent pour voir…

– Restez à vos places ! commanda le maître parce qu'il pressentait qu'ils allaient le rejoindre.

Ceux du fond se juchèrent debout sur leurs chaises. Le maître vérifia :

– C'est toi qui as refermé le tiroir, Rosine ?

– Oui.

Le maître le rouvrit. Les enfants brûlaient d'approcher. Sagement, le maître les maintint à distance en sortant le tiroir de ses glissières et en le déposant à plat sur le bureau.

– Et voilà ! dit-il. Pas de locataires dans le tiroir !

– Et le miroir ? réclama Kevin. Est-ce qu'il est pété ?

– « Cassé », corrigea le maître. Non. Intact.

Il l'exhiba pour preuve.

– Et il n'y a personne dedans, conclut-il.

Il le reposa dans le tiroir. Les filles s'effrayaient, elles adoraient jouer à se faire peur :

– Si ça se trouve, fit entendre la grande Manuela, Antoine et Gwenn ne reviendront plus jamais !

– Mais si ! affirma le maître pour couper court aux émotions faciles.

– Et comment qu'ils feront ? lança Alice d'un air si vindicatif que toute la classe lui fit face. Ouais ! Comment qu'ils reviendront ?

– Ben... Par le miroir ! répliqua Kevin. S'ils l'ont traversé, ils recommenceront !

– Et comment qu'ils feront ? insista Alice.

– Pareil qu'à l'aller ! riposta Kevin.

– Ils ne pourront pas ! trancha Alice.

– Et pourquoi, Madame Je-sais-tout, qu'ils ne pourraient pas ?

– Parce que c'est comme ça, Monsieur Je-ne-sais-rien!

– Et qu'est-ce que tu en sais, Madame Je-sais-tout?

– J'en sais ce que j'en sais, et je sais ce que je dis, et si ça te déplaît, va te faire cuire un œuf!

Kevin bondit. Les enfants étaient à deux doigts d'en venir aux mains. Le maître cria:

– Ça suffit, vous deux! Kevin, à ta place! Et toi, Alice, n'insulte pas les autres!

Les enfants grognèrent. Alice reprit, butée, un ton plus bas:

– Je sais ce que je dis! S'ils sont entrés dans le miroir côté face, ils ne reviendront pas de l'autre! Même un bébé comprendrait ça!

Le maître s'interposa:

– Si Alice ne se trompe pas... commença-t-il.

– Non, je ne me trompe pas! affirma la gamine.

– Dans ce cas, conclut le maître, il faudrait retourner le miroir face en bas? (Il fit ce qu'il disait.) Voilà.

– Ouais! approuva Alice. Comme ça, ils pourront revenir!

– Tu parles! ricana Kevin.

Ils s'affrontaient encore. Le maître alla vers eux en écartant les bras pour arbitrer le conflit. Manuela poussa un cri:

– Làààààà!

D'un index tremblant, elle désignait le tiroir posé

sur le bureau du maître. M. Lebois pivota, tout le monde se retourna. Un minuscule personnage vivant était debout sur la tranche de bois du miroir, les poings sur les hanches.

– Caramba ! Antoine !

IV

C'était lui! Le gamin parlait d'une voix si fluette qu'on l'entendait à peine:

– Caramba! J'ai failli attendre!

Les élèves, émus, poussaient des exclamations à la vue du prodige.

– Silence! exigea le maître.

Ils se rassemblèrent sans désordre autour du bureau, les plus petits devant. Un doigt sur la bouche, M. Lebois rappelait la consigne. Il se pencha au-dessus de l'enfantastique minuscule:

– Où étais-tu?

– De l'autre côté du miroir, répondit Antoine d'une voix de papillon. Et ses camarades murmurèrent:

– Où est Gwenn?

– Il y est resté. Il faut qu'on attrape le bonhomme jaune. Je suis venu rassurer tout le monde mais il faut que je reparte!

– Minute! exigea le maître.

Les élèves se bousculaient pour mieux voir Antoine.

Le maître éleva le tiroir horizontalement devant lui à hauteur de poitrine pour le rendre visible de tous.

– Qu'y a-t-il derrière le miroir ? demanda-t-il.

– Un cimetière, répondit Antoine. Il paraît que les bonshommes jaunes sont des Trolls et qu'ils vivent dessous…

– Houlààà ! s'écria Omar. Sous la terre ! Mais ce sont des diables !

– Je ne sais pas, dit Antoine.

– Dans les vieilles légendes, intervint le maître, les Trolls ne sont pas des diables. Plutôt leurs serviteurs…

La classe murmura.

– En tout cas, reprit la petite voix d'Antoine, il y a un chat noir qui cherche à acheter nos âmes…

– Houlààà ! s'écria Omar derechef. C'est sûrement un démon déguisé !

– Où est Gwenn ? demanda le maître.

– Il inspecte les chapelles, dit Antoine. Il faut que je le rejoigne.

– Emporte une ficelle ! conseilla Sophie-la-curieuse. Si tu veux attacher le bonhomme !

– J'en ai déjà une.

– Du scotch ! s'écria Kevin. C'est encore plus pratique !

Antoine secoua la tête :

– Inutile, dit-il. Je crois que nous retrouvons notre taille normale de l'autre côté. Le scotch ne me servirait pas. (Il se ravisa :) Je vais prendre un peu plus de ficelle…

Il y en avait une dans le tiroir, longue d'un mètre cinquante. Pour le gamin, elle était aussi encombrante qu'une corde à grimper.

– Il ne pourra pas l'emporter, estima Joseph.

– On la lui nouera autour de la taille, dit Kevin. Elle le suivra dans le miroir !

– Quelle histoire, quand même ! soupira Éléonore. Comment reviendrez-vous ?

– Laissez un miroir retourné à côté de celui face en l'air, répliqua Antoine. Comme ça, nous pourrons aller et venir...

Le maître approuva, sans enthousiasme.

– Est-ce qu'on ne pourrait pas les accompagner ? rêva Kevin à voix haute. Pour les aider à capturer le Troll ?

Alice-la-râleuse fit entendre un ricanement narquois :

– Essaie donc de sauter dans le miroir, patate !

– Patate toi-même ! répliqua Kevin. Tu te crois plus futée que les autres ?

– Personne ne peut traverser les miroirs ! renchérit Sophie, volant au secours de Kevin.

– Alors là !!! s'écria Alice... Alors là !!!

– Tu vas peut-être prétendre que tu es une enfantastique ! lança Manuela. Comme Françoise qui peut disparaître en s'appuyant au mur !

– Ou comme moi ! revendiqua Boubakar. Avec mes pupilles carrées pour voir dans les coins !

– Et moi je sais ce que je dis ! éclata Alice.

Elle secouait la tête d'un air entendu. Le maître apaisa les remous :

– Taisez-vous, voyons ! Nous avons assez de problèmes comme ça !

Il était soucieux. Des enfantastiques, il en avait rencontré des tas depuis qu'il était instituteur rue Marcel-Aymé. Il était presque blasé. Même les « disparitions » de Françoise ne l'affolaient plus, ni les « regards » de Boubakar, capable de dire ce qu'il y avait après l'angle d'un mur. Mais cette fois, l'affaire était grave. Les enfants miniaturisés étaient victimes d'un Troll qui les entraînait dans son monde…

– Ta montre fonctionne-t-elle de l'autre côté ? demanda-t-il.

– Je n'ai pas vérifié, avoua Antoine.

Il y jeta un coup d'œil :

– En tout cas elle marche ici : il est dix heures un quart.

– Elle retarde ! commenta Joseph.

– L'aiguille des secondes tourne, observa Antoine.

– Ici, annonça Joseph, il est onze heures cinq.

– Qu'est-ce que ça veut dire ? s'effraya Rosine.

– Ça veut dire, raisonna le maître, que si vous êtes remontés en classe au début de la récréation, disons vers dix heures cinq, et si Antoine et Gwenn ont franchi le miroir vers dix heures sept ou dix heures huit, Antoine n'étant revenu parmi nous que depuis sept ou huit minutes, sa montre ne fonctionnait pas

de l'autre côté. Faites le calcul : dix heures sept, plus huit minutes, égale dix heures un quart à peu près. Sa montre s'est remise en marche de ce côté-ci du miroir, à son retour en classe.

– Et alors ? interrogea Kevin intrigué.

– Alors, patate, répliqua Alice toujours aussi aimable, ça veut dire que, de l'autre côté, le temps s'arrête ! Voilà !

Kevin resta coi. Il regardait le maître dans l'attente d'une confirmation.

– J'ai bien peur, murmura M. Lebois, que ce soit la vérité…

Il ne voulait pas effrayer les enfants, mais il se rappelait la phrase du poète Jean Cocteau : « Les miroirs sont les portes par lesquelles la Mort va et vient. » Il dit donc simplement :

– Antoine, je voudrais que tu reviennes nous renseigner le plus souvent possible…

Une petite voix se fit entendre, celle de Claire :

– Il n'a qu'à téléphoner. Il a un portable et Joseph aussi…

La classe approuva. Le maître restait pessimiste :

– J'ai peur que là-bas le téléphone ne marche pas non plus…

– Ça c'est vrai ! dit Alice.

– Et qu'est-ce que tu en sais, Madame Je-sais-tout ! grommela Kevin.

Ils se tirèrent la langue, se montrèrent le poing.

– Je reviendrai quand je pourrai, promit Antoine.

Le maître acquiesça, résigné. Il fallait agir, les garçons ne pouvaient pas rester minuscules. D'un signe de tête, il permit à Stanislas d'opérer : le gamin attrapa la ficelle, en noua une extrémité autour de la taille de son petit camarade. Il la déposa enroulée dans le tiroir, à côté du miroir de poche.

– Il devrait emporter le scotch aussi ! insista Kevin.

– Mais puisqu'on te dit que, de l'autre côté, il retrouve sa taille ! objecta la grande Manuela.

– N'empêche ! Ça pourrait servir à bâillonner le Troll !

– C'est vrai, ça, observa Joseph.

– Je ne parviendrai pas à porter le rouleau, remontra Antoine.

– Tiens-le auprès de toi quand tu franchiras le miroir! conseilla Kevin. De l'autre côté, il redeviendra petit et ce sera en plus la preuve que tu retrouves ta taille!

Avec l'accord du maître, Kevin déposa le rouleau debout comme un pneu de voiture sur le miroir.

– Bon! fit Antoine avec humour. Il vaut mieux que je file avant qu'on me donne la classe à déménager!

– Attends! exigea le maître. Je replace d'abord le tiroir dans le bureau, sinon tu risquerais d'atterrir ailleurs qu'à l'emplacement précédent. Tiens-toi bien!

Il contourna le meuble en gardant précautionneusement le tiroir horizontal devant lui. S'abaissant, il le cala dans ses glissières. La classe le suivit.

– Salut! lança encore Antoine.

Il posa le pied sur le miroir et s'y enfonça comme s'il fondait. Le rouleau, sur lequel il avait mis une main, fit de même. La corde enroulée à sa taille suivit. L'enfantastique disparut lentement à la verticale comme dans de l'eau pure, sans la moindre ride. Il agitait une main au-dessus de sa tête, cette main demeura visible la dernière. Après elle, la ficelle (une corde, pour lui) continua de couler dans la surface réfléchissante. Les enfants, fascinés, sursautèrent quand le dernier brin s'y fut englouti...

– Oh! Il est parti! dit Sophie.

La curieuse se jeta à quatre pattes pour tâcher de voir quelque chose sous le bureau... sans rien découvrir!

Le maître consulta la pendule murale au-dessus du tableau derrière lui :

– Onze heures treize, annonça-t-il. On va faire du calcul mental.

– Pensez à retourner le miroir ! lui rappela Rosine.

– Oui. Regagnez vos places. Prenez vos ardoises…

Le maître retourna le miroir dans le tiroir. Puis il se redressa. C'est alors seulement qu'il repéra le papier plié en quatre sur son bureau. Immédiatement, il porta les yeux sur Adélaïde. La fillette, timide, avait l'habitude de lui envoyer des messages. Ils étaient ainsi libellés : « Je sais ma récitation », ou : « Interrogez-moi, je sais faire la division. » Souriante, l'enfant soutint son regard. Le maître déplia le papier, abaissa les yeux et lut le message suivant (tant pis pour l'orthographe) : « Moi je sais quoi faire car je suis une enfant spéssialle. »

V

Antoine atterrit à proximité de la lanterne des morts. Un coup d'œil à sa montre lui confirma l'arrêt de l'aiguille des secondes. Les craintes du maître étaient fondées : ici, le temps n'existait plus.

Il allait se relever quand il se sentit saisi à la cheville.

– Ah ! s'écria-t-il.

– Couche-toi ! ordonna Gwenn.

Il rampait lui-même derrière la grosse pierre tombale de granite rose.

– Que se passe-t-il ? chuchota Antoine.

La corde était redevenue ficelle autour de sa taille, et le rouleau de scotch était ordinaire, dans l'herbe. Il le ramassa, le fourra dans sa poche.

– Tais-toi ! Ne te montre pas ! recommanda Gwenn à voix basse.

Du menton, il signalait une direction. Antoine se souleva, ses yeux dépassèrent le rebord de la dalle de pierre. À une cinquantaine de mètres, une haute forme verte se déplaçait avec lenteur dans une allée, un sac sur l'épaule.

– Caramba ! chuchota Antoine. On dirait un moine ! Qu'est-ce que c'est ?

– Une saleté ! répliqua Gwenn. Une saleté en robe de moine avec un capuchon pour se préserver du soleil ! C'est sorti d'une chapelle !

Une voix miaula :

– C'est le Moine Vert...

Antoine releva les yeux. Le chat noir était juché sur la tête de pierre d'une statue d'ange.

– Ah ! Tu es toujours là ! constata Antoine.

– Tais-toi ! ordonna Gwenn. Regarde...

Entre les pierres tombales et les haies de buis et d'hortensias, le Moine Vert, arrêté, venait de déposer son grand sac de jute dans l'herbe...

– Il chasse, commenta Gwenn à voix basse.

Et comme Antoine le dévisageait, l'air éberlué, il ouvrit la bouche démesurément en allongeant les bras devant lui, mains ouvertes comme des serres d'aigle :

– C'est un vampiiiiiire ! ricana-t-il.

– Oh ? sourit Antoine, incrédule.

Le chat se laissa choir en souplesse de la tête de la statue sur ses bras, puis de là sur le socle, et rebondit dans l'herbe. Antoine lui caressa la tête :

– Salut, le chat, dit-il.

– Attention ! s'écria Gwenn en s'aplatissant au sol. Il vient de capturer un lapin !

– Génial ! chuchota Antoine.

– Attention ! Il repart pour sa chapelle !

Antoine se redressa, piqué par la curiosité :

– Caramba ! s'extasia-t-il. Il... il avance sans toucher terre ! Il... il flotte !

– Cache-toi ! commanda Gwenn en l'attirant dans l'herbe.

– Mais qu'est-ce que c'est que ça ! s'écria Antoine.

– Un vampire ! Vas-tu comprendre !

– Mais c'est impossible ! Les vampires ne sortent que la nuit !

– Pas s'ils manquent de sang, miaula le chat.

Gwenn obligeait Antoine à rester vautré dans l'herbe. Lui-même s'était redressé :

– Ça y est ! annonça-t-il. Il est dans la chapelle ! Ne bouge pas d'ici, je vais le surveiller !

– Attends !

Trop tard. Gwenn zigzaguait déjà entre les pierres tombales en direction d'une chapelle délabrée derrière un bouquet d'ifs.

– Il ferait mieux de ne pas regarder ça, miaula le chat noir.

Il se frottait contre Antoine. Il ronronna sa litanie :

– Et toi tu ferais mieux de me vendre...

Antoine l'interrompit :

– Je n'ai rien à vendre. C'est clair ?

En parlant, le gamin frottait son pouce gauche contre la paume de sa main droite.

– Qu'est-ce que c'est que ce moine ? Un vampire ? Pourquoi sort-il le jour ?

– Parce qu'il manque de sang. Il ne peut pas attendre la nuit.

– Qu'est-ce qu'il chasse ?

– De tout : des lapins, des chats – des ordinaires, précisa-t-il d'un air fanfaron –, des écureuils, des mulots, des oiseaux...

– Mais qu'est-ce qu'il en fait ?

Le chat roula son dos en bosse comme un haussement d'épaules :

– Il les égorge, pardi !

Antoine frissonna :

– Mais c'est monstrueux !

– Et dangereux pour toi s'il t'attrape ! miaula le chat.

Antoine grimaça. Une nouvelle fois, il se gratta le pouce et le petit doigt de la main gauche.

– Mais, raisonna-t-il soudain, je croyais que les vampires ne supportaient pas la lumière du jour.

– C'est pourquoi il cache sa face et ses mains ! miaula le chat.

– Attends ! dit Antoine.

Il grattait toujours son pouce et son auriculaire gauches.

– Caramba de mille pétards ! bougonna-t-il. Cet horrible moine me donne de l'urticaire !

Il essayait de se remémorer le personnage vêtu de vert, son sac sur le dos. Il le revoyait flotter au ras du sol, les manches trop longues, l'ample capuchon rabattu sur le visage...

– Tu veux dire qu'il ne supporte pas la lumière du jour « réellement » ? insista-t-il.

Il se grattait encore.

– Pardi ! fit le chat.

– Il va ressortir ?

– Oui. Le sang du lapin ne lui suffira pas…

Antoine se grattait le pouce et l'auriculaire de la main gauche. Soudain il se retourna :

– Hein ? fit-il.

Il tendit l'oreille. Il regarda le chat :

– Quelqu'un vient de m'appeler. Tu as entendu ?

– Non.

Antoine frottait le pouce et l'auriculaire de sa main gauche sur son polo. Il tendit l'oreille de nouveau :

– Je suis certain qu'on m'appelle !

– Moi je n'entends rien, avoua le chat. Voilà ton copain de retour. Il n'est pas dans son assiette !

Antoine se redressa. Gwenn, courbé, accourait en se faufilant entre les tombes. Mais ce n'était pas lui qui appelait. Antoine se retourna pour la troisième fois :

– Qui parle ? Qui est là ?

Personne. Ses doigts le démangeaient. Il les observait en les écartant, il avait replié les trois du milieu.

– Tu téléphones ? ricana le chat.

Antoine secoua la tête. Il porta pourtant le pouce à son oreille et l'auriculaire à sa bouche. Alors il entendit clairement :

– Allô ! Antoine ! Est-ce que tu m'écoutes ?

– Hein ?

La voix sortait de son pouce. Elle reprit :

– Ici Adélaïde ! Est-ce que tu m'entends ? Parle à ton petit doigt !

– Caramba ! s'écria Antoine.

Gwenn arrivait. Il se jeta dans l'herbe à côté de son camarade en hoquetant. Il respirait fort avec des haut-le-cœur. Il gémit :

– Le vampire ! Il égorge les animaux ! Je l'ai vu à travers le vitrail ! C'est horrible !

– Attends, dit Antoine.

– C'est abominable ! sanglota Gwenn. Le sol de la chapelle est jonché de cadavres d'animaux !

– Attention ! miaula le chat noir. Il ressort...

Le Moine Vert repartait chasser. Il flottait le long d'une autre allée du cimetière à une quarantaine de mètres, le sac sur son dos. On ne voyait ni son visage ni ses mains. Antoine secoua le bras de Gwenn :

– Écoute ! chuchota-t-il. J'ignore comment elle fait, mais Adélaïde nous appelle et je l'entends !

– Adélaïde ? dit Gwenn.

Il était blême, les poings crispés. Il déglutit avec effort :

– Il faut se débarrasser de cette saleté ! gronda-t-il.

– Minute ! dit Antoine.

Il porta son pouce à l'oreille et l'auriculaire à sa bouche.

– Allô ! Adélaïde ! chuchota-t-il. Est-ce que tu m'entends ?

– Parfaitement !

– On a rencontré un vampire... Quelle heure est-il à l'école ?

– Onze heures quarante-cinq. C'est l'heure de la cantine, mais le maître est remonté en classe avec son plateau, au cas où vous reviendriez, et je l'ai accompagné. On déjeune ici.

– Qu'est-ce que vous mangez ? ne put s'empêcher de demander Antoine qui commençait à avoir faim.

– Du lapin ! répondit Adélaïde.

– Hum ! Du lapin ! répéta Antoine avec appétit.

– Ah ! Ne me parle pas de lapin ! se plaignit Gwenn. Ça me dégoûte !

– Tu peux me rappeler quand tu veux, dit encore Adélaïde. Tu positionnes tes doigts comme maintenant, et tu parles. Moi, je t'entendrai. D'accord ?

– D'accord ! dit Antoine. Ton pouvoir est génial, caramba !

– Il faut que je te dise autre chose : on a placé tous les miroirs de poche qu'on a pu trouver dans tous les tiroirs du bureau du maître et même dans la classe pour faciliter votre retour ; à vous de les localiser si vous le pouvez dans le cimetière !

– Formidiable !

– Et on sait comment le bonhomme jaune est entré en classe !

Gwenn se remettait. Il prêta l'oreille à la conversation, tout contre le pouce de son camarade. La voix d'Adélaïde reprit :

– Il y a toujours des tas de choses qui tombent du casier de Manuela sur le carrelage.

– Qu'est-ce que vous avez trouvé ?

– Des morceaux de papier miroir plastique, tu sais, qui nous avait servi à découper les décorations de Noël et de Pâques...

– Ah oui !

– C'est comme des miroirs ! C'est ce qui a attiré le bonhomme, en tout cas c'est là que vous l'avez surpris dans la classe !

– Nous, ce qu'on aimerait savoir, intervint Gwenn en tirant la main de son camarade vers sa bouche, c'est comment l'identifier !

– Ça, on ne le sait pas ! dit Adélaïde. Le maître vous recommande d'être prudents.

– Dis-lui, poursuivit Gwenn, que je sais par où il a filé. Il y a quatre chapelles semblables côte à côte. La première a un vitrail rouge, la deuxième un bleu, la troisième un jaune, la dernière un vert. Il a dû filer par la troisième, à cause de la couleur du vitrail, mais je ne sais ni où ni comment…

La conversation était terminée. Antoine referma le poing. Il frotta les doigts de sa main les uns contre les autres car ils le chatouillaient encore.

– Qu'est-ce qu'on fait ? demanda-t-il.

– On se débarrasse du vampire ! dit Gwenn, résolu. Et je crois que je sais comment !

– Co… comment ? dit Antoine, inquiet.

Il se souleva. Le moine était à l'affût, là-bas, entre les tombes.

– Il ne supporte pas la lumière ! rappela Gwenn.

Et il interrogea le chat noir :

– Que se passerait-il si le soleil touchait son visage ?

Le chat roula le dos en bosse, c'était le cadet de ses soucis. Il bâilla un miaulement bref :

– Ça le ferait cramer !

Antoine s'affola :

– Tu n'as pas l'intention, j'espère, d'ôter son capuchon au Moine Vert !!

Gwenn riait méchamment :

– Ce ne sera pas nécessaire ! Regarde sur la pierre tombale !

– Quoi ?

Une grande couronne de verroterie y trônait. Les rayons du soleil éclataient dessus en tous sens à travers les perles biseautées et les petits fragments de miroirs…

– Regarde les plus grosses ! admira Gwenn. Elles sont comme des loupes !

– Et alors ?

Gwenn jubilait. Il frappait son poing droit dans la paume de sa main gauche :

– On va le faire griller, caramba !

VI

Le maître était en classe avec son plateau de cantine et Adélaïde lui tenait compagnie. On frappa à la porte.

– Entrez !

C'était Manuela, essoufflée :

– Je viens ranger mon casier !

Sous la table de la fillette, de menus objets traînaient toujours : tantôt un bonbon, tantôt une image, tantôt un crayon ou une gomme, aujourd'hui des restes de découpages de papier miroir métallique, et un gros tube de gouache blanche. Le tube était ouvert, la peinture avait giclé sur le carrelage.

– Je nettoie avec de l'eau ? demanda la fillette qu'Adélaïde avait rejointe en silence.

– Oui, dit le maître.

On frappa encore à la porte.

– Entrez.

C'étaient Kevin, Rosine, et la petite Muriel du cours préparatoire. Kevin trépidait :

– On a vu Muriel dans la cour ! Regardez ce qu'elle a trouvé !

Il brandissait une espèce de brin de laine. Le maître s'approcha. Manuela aussi. La petite Muriel souriait, elle donnait la main à Rosine. Le maître attrapa le morceau de laine…

– Mais… fit-il.

C'était une sorte de fin ruban de tissu en mauvais état, long de sept ou huit centimètres, avec une boucle métallique miniature à une extrémité.

– Caram… ! commença le maître en reprenant l'expression favorite de la classe.

Il rapprocha la chose de ses yeux : à l'autre extrémité s'alignaient de petits trous.

– Mais c'est une ceinture !

– Ouais ! approuva Kevin. La boucle de métal est pétée !

– Brisée, corrigea le maître machinalement.

La traverse minuscule avait été arrachée et ne tenait plus qu'à trois fils plus fins que des cheveux.

– Où as-tu trouvé ça ? demanda M. Lebois en s'inclinant vers la petite élève du CP.

– Quand ze zuis venue dans la clazze !

Elle tendit le doigt en direction du pied du bureau.

– Zuzte à côté du bureau, zozota-t-elle. Il y avait un bonhomme zaune.

– Il a dû s'accrocher quelque part ! soupçonna Kevin.

Il se jeta à quatre pattes sur le carrelage au pied du bureau du maître :

– Là !

Une écharde de bois dépassait : le petit homme

jaune avait dû l'accrocher dans sa fuite et, emporté par l'élan, y avait laissé sa ceinture.

– Et tu l'as ramassée là ? vérifia le maître.

– Voui ! dit la petite. Zuste là. Z'est la zeinture du bonhomme zaune ?

– Certainement, acquiesça le maître. Et voilà un renseignement de la plus haute importance !

– Ze peux garder la zeinture ? s'enquit la petite Muriel.

– Oui, dit le maître en la lui rendant. Mais ne la perds pas, nous pourrions en avoir besoin. Rosine va te raccompagner dans la cour.

– Moi je peux rester ? demanda Kevin. Pour aider Manuela ?

Le maître esquissa un sourire. Celui-là, il fallait que sa curiosité fût sacrément forte pour qu'il renonce à jouer et offre même de se mettre au travail !

– D'accord, accepta M. Lebois. Ne vous chamaillez pas.

Il pivota vers son bureau. Rosine, qui allait sortir avec la petite Muriel, demanda :

– Je pourrais remonter aussi ?

– Si tu veux, accorda le maître.

La fillette sortit. Le maître ouvrit son cahier pour préparer un exercice qu'il comptait faire faire aux élèves le lendemain. Autour de la table de Manuela, les enfants s'affairaient.

Ils répartissaient le contenu du casier sur les tables

voisines avant de ranger. Kevin attrapa un épais rouleau de papier miroir plastifié :

– C'est comme un miroir ! dit-il, s'adressant au maître. On se voit dedans ! C'est certainement ça qui avait attiré le barbu !

– Peut-être, concéda le maître occupé.

– Et même, estima Kevin, on pourrait s'en servir pour tendre des pièges.

– Oui, répondit le maître sans regarder.

Manuela était à quatre pattes sur le carrelage avec une éponge humide. Elle pestait avant même d'avoir commencé le travail :

– Oh là là ! Il y en a partout ! Jusque sous la table de Françoise ! Je me demande comment ça a pu gicler jusque-là !

Le maître sursauta, releva la tête :

– Quoi ?

Il vit la gamine aventurée trois tables en avant de la sienne. Il se leva comme un ressort et cria :

– Stop tout le monde !

Manuela s'apprêtait à répandre l'eau sur le carrelage. Elle suspendit son geste. Le maître accourut :

– Stop ! Écartez-vous !

Les enfants obtempérèrent sans comprendre.

– Où se trouvait ton tube de gouache ?

– Là où il est, je ne l'ai pas touché.

– Et le morceau de papier miroir découpé ?

– À côté.

– Replace-le, dit le maître.

Manuela le récupéra sur le tas d'objets écartés et le déposa contre le fond du tube de peinture. Le maître vint s'accroupir derrière. Il baissait la tête, s'appliquait à regarder dans le prolongement vers le pied de son bureau.

– Caramba ! grommela-t-il tout bas. Caramba… bylone !

– Quoi ? demanda Kevin.

On frappa à la porte. Rosine entra, essoufflée, elle avait fait vite.

– Tu tombes bien ! dit le maître. Reste où tu es. Dis-moi aussi exactement que possible le chemin suivi par le bonhomme jaune.

– Ben… Il était où vous êtes. Il a filé tout droit vers votre bureau sous les tables de Joseph, Céline, Amélie et Françoise…

– En ligne droite ?

– Oui.

– Caramba… obab ! murmura le maître pour lui-même. Kevin, apporte-moi le mètre !

– Heu, oui, dit le gamin sans comprendre.

Adélaïde et Manuela restaient debout à côté du maître, éponge et chiffon à la main.

– Toi, Rosine, ordonna le maître, va au tableau. Tu écriras ce que je te dicterai…

Kevin revenait, une longue règle plate à la main. Le maître la reçut et la déposa sur le carrelage. De petites taches blanches étaient alignées sur le sol à partir du tube. Il positionna la règle le long de cette ligne : les taches les mieux marquées étaient les plus proches du tube, les moins nettes les plus éloignées…

– Note, Rosine, dit le maître. Dix centimètres. Dix centimètres. Dix centimètres. Dix centimètres. On voit de moins en moins. Encore dix centimètres. Et dix centimètres. Après… Il y a une petite trace ici… Toujours à dix centimètres…

Il se releva :

– Je vais vérifier quelque chose dans le tiroir, ne touchez à rien.

Pas de danger ! Adélaïde, Manuela et Kevin restaient muets, attentifs. Le maître ouvrit le tiroir du bureau, il examina le miroir. Il se releva, les yeux dilatés, le visage fendu par un large sourire :

– Caramba… tracien ! fit-il. Caramba… lançoire !

Les enfants souriaient.

– Qu'est-ce qu'il y a ? demanda Rosine.

Le maître la rejoignit au tableau :

– Le Troll est arrivé par un découpage de papier miroir, que je représente au tableau, comme ceci : 0. À côté gisait le tube de gouache décapuchonné, que je représente par un bâton, comme ceci, voyez : 0—
.

Il poursuivit sa démonstration :

– Imaginez notre visiteur ! Il mesure huit ou neuf centimètres de hauteur. Ses pas mesurent donc trois ou quatre centimètres, sans doute cinq quand il court.

– Et alors ? demanda Kevin impatient.

– J'observe, dit le maître, les traces de peinture sur le carrelage, et que me révèlent-elles ?

– Elles sont en ligne droite ! dit Adélaïde.

– Exact, dit le maître.

– Dans la direction du bureau ! dit Rosine.

– Exact, dit le maître.

– Et de moins en moins visibles ! dit Manuela.

– Exact, dit le maître. Qu'en concluez-vous ?

– Que le bonhomme a marché dans la gouache ! éclata Kevin.

– Exact !

M. Lebois reprit la craie et dessina au tableau :

0—… x… x… x… x… x… x… x

Il commenta :

– L'espace entre les traces est toujours le même : dix centimètres.

Kevin était perturbé :

– Ben ? fit-il. Vous avez dit que le Troll faisait des enjambées de cinq centimètres ?

– En effet.

– Je n'y comprends plus rien ! avoua Kevin.

– Mais si ! protesta Rosine. Il a mis UN SEUL pied dans la gouache ! C'est pour ça que l'espace est de dix centimètres : on ne voit qu'un pas sur deux !

– Exact ! dit le maître. Et j'ai retrouvé une minuscule tache de peinture au bord du miroir.

Kevin applaudit.

– Ça veut dire que le Troll a une chaussure tachée ! dit Rosine.

– Et pas de ceinturon ! rappela Manuela.

– Il sera facile à identifier par Gwenn et Antoine, espéra le maître. Je vais informer le directeur. Toi, Adélaïde…

– Compris ! dit l'enfantastique en portant ses doigts à sa bouche et à son oreille. Je leur téléphone !

– Et toi, ajouta le maître pour Manuela avant de sortir, continue de ranger ton casier !

VII

Antoine et Gwenn étaient agenouillés derrière une haute pierre tombale en bordure d'allée. Le chat s'était assis sur la pierre de chevet au-dessus d'eux. Les garçons achevaient de décortiquer la couronne mortuaire de verroterie, et l'allée devant eux étincelait au soleil.

– Caramba ! s'extasia Antoine en y jetant ses trois dernières perles biseautées. L'allée scintille comme une rivière de chercheurs d'or !

– Tu l'as dit ! approuva Gwenn en y lançant à son tour une dernière poignée d'éclats de verre et de miroirs. Le soleil a de quoi s'amuser !

– Combien qu'on en a semées à ton avis ? demanda Antoine.

– Toute la couronne ! répliqua Gwenn. Il ne me reste que l'armature de fil de fer ! Je ne sais pas combien ça fait de perles !

– Ça fait cent quarante-six perles, miaula le chat d'un air négligent.

– Tu les as comptées ?

– Pas la peine. Je les vois. Je ne suis pas un chat ordinaire...

– Ça, on va le savoir ! grogna Gwenn.

Il se tourna vers Antoine :

– Tu as gardé une grosse perle ?

– Aussi grosse qu'une loupe ! acquiesça Antoine en la brandissant.

– Alors entraîne-toi ! Regarde !

Il tenait lui-même une grosse perle biseautée dans la main droite et captait le soleil avec, pour le renvoyer sur une pierre tombale à dix pas. Il y fit serpenter le faisceau lumineux habilement comme un petit lézard et, par jeu, le dirigea même sur le chat qui se contenta de clore ses paupières :

– C'est malin ! miaula-t-il.

– Je ne sais pas si c'est malin, riposta Gwenn, mais tu as intérêt à ce que ça marche !

– Qui vivra verra ! bâilla le chat.

Gwenn pinça les dents :

– S'il nous a menti, grommela-t-il, menaçant, je l'écorche et je me fais un gilet avec sa fourrure !

Le chat miaula, ironique :

– En attendant, le Moine Vert vient de capturer un corbeau. Il ne va pas tarder à s'amener.

– Caramba ! s'écria Antoine très ému.

On entendait des croassements étouffés. Le Moine Vert refermait son sac avant de reprendre le chemin de sa chapelle en flottant au-dessus de l'allée. Gwenn désigna le sol éblouissant de lumière devant eux :

– Il va avoir une surprise ! Cette clarté violente en pleine poire, lui qui ne la supporte pas !

– En tout cas, miaula le chat en se ramassant sur ses pattes postérieures, je vous aurai prévenus que c'est un jeu dangereux.

Il bondit sur une statue de saint, se hissa sur son épaule. Gwenn se préparait à l'action. Nerveux, il tordait les fils de fer résiduels de la couronne mortuaire. Antoine avait peur.

– C'est bien sûr, demanda-t-il au chat, que le moine ne supporte pas la lumière ?

– Tais-toi ! ordonna Gwenn.

Le Moine Vert s'était mis en branle. Il flottait silencieusement dans sa longue robe de bure. On ne voyait ni ses mains (cachées par les manches), ni ses pieds (sous la robe), ni son visage (dans le capuchon rabattu).

– On ferait mieux... estima Antoine.

– Chut !

Le moine approchait avec lenteur de l'allée parsemée d'éclats étincelants. Il n'avait pas d'ombre, comme tous les vampires. À plat ventre dans l'herbe, Gwenn orientait sa perle. Le moine s'engagea dans la zone illuminée.

– Regarde ! s'écria tout bas Antoine.

Le monstre hésitait. Il semblait déstabilisé, flottait à gauche, à droite, à gauche, en arrière. La lumière qui pleuvait du ciel rebondissait vers lui par le sol. Il éleva un bras, lentement, avec raideur, comme pour protéger sa face invisible. En même temps, il fit entendre une espèce de râlement sourd et prolongé :

– Aaaaaaaaaaa...

Gwenn n'hésita plus :

– Attrape ! s'écria-t-il tout bas.

La main droite au ras du sol exposait la perle au soleil. La lumière la frappa, le faisceau ricocha en flèche vers le haut, visible à la tache claire qui courait sur la robe du moine.

– Aide-moi ! appela Gwenn.

Il pointait l'éclat lumineux vers l'ouverture étroite du capuchon ; il le fit entrer dans la brèche, atteignit le visage. Le monstre hurla et recula :

– Hiiiiiiiiii...

Antoine, moins hardi que son camarade, s'était pourtant posté de l'autre côté de l'allée avec sa perle.

– Caramba de caramba ! répétait-il afin de se donner du courage. Caramba de mille pétards !

Il répercuta le soleil à son tour vers le visage du monstre, qui lâcha son sac. Un corbeau gagna l'ouverture, l'écarta du bec et des pattes et s'envola en croassant.

– À l'attaque ! s'exclama Gwenn.

– À l'attaque ! répéta Antoine.

Leurs faisceaux lumineux harcelaient la face du Moine Vert. Le monstre tituba, releva les mains pour se protéger. Il hurlait de plus en plus aigu :

– Îîîîîîîîîîî...

Antoine cria :

– Tu as vu sa main !

– Continue ! ordonna Gwenn. Continue !

Une main venait d'apparaître sous la manche, longue, décharnée, jaunâtre, avec des ongles comme des griffes.

– Continue ! Continue ! répétait Gwenn rageusement.

– Oui oui ! répondait Antoine en tremblant.

Il avait perdu sa cible, égaré son pinceau lumineux. Il dut se ressaisir, capter le soleil de nouveau pour piquer la main d'où sourdait une fumée grise. Le monstre hurla.

– Il… ! Il… ! Il… ! balbutia Antoine effrayé. Il brûle ! Sa main brûle ! Quelle horreur !

– T'occuuuuuuupe ! vociféra Gwenn. Continue ! Attaque !

Lui-même continuait de chercher à atteindre le visage dans l'entrebâillement du capuchon. Antoine claquait des dents.

– On dirait un marteau-piqueur ! se gaussa le chat moqueur.

– J… j… j'aimerais te voir à ma place ! rétorqua Antoine, mais la remarque du chat, à cause même de la situation dramatique, lui rendit suffisamment de courage pour redresser le faisceau et rectifier le tir sur la main. Le vampire hurla :

– Uuuuuuuuuuuuuuu…

Il pivota lentement comme un jouet mécanique, abaissa le bras pour abriter sa main. Les éclats de soleil qui sautaient du sentier vers lui ne lui laissaient pas de répit, le contraignaient à se raidir en arrière. Le faisceau de Gwenn atteignit alors son visage.

– Ûûûûûûûûûûûûûûû… hurla le vampire touché brutalement.

De la fumée sortait hors de son capuchon par bouffées.

– Je l'ai eu ! s'exclama Gwenn.

– Oui ! Oui ! approuva Antoine.

– Continue ! Frappe ! Frappe ! Envoie-lui le soleil ! On va le faire bronzer !

Antoine se reprenait. La retraite du monstre l'enhardissait. Il visa l'ouverture élargie du capuchon à son tour et l'illumina. Il poussa une exclamation :

– Maman !

– Continue ! Continue ! commandait Gwenn.

– Je… Je… Je… Tu as vu sa face! C'est… C'est abominable!

– Continue! Ce n'est pas le moment de le photographier!

Une épaisse fumée s'échappait du capuchon. Le moine se balançait en flottant, écartait les bras, déséquilibré…

– Je vais le faire danser! gronda Gwenn.

Il venait de bondir sur une pierre tombale dans le dos de leur adversaire. Armé de ses fils de fer à crochets, il tendit le bras en avant, l'abaissa: les crochets agrippèrent l'arrière du capuchon.

– Attention! Ça décoiffe! ricana Gwenn.

Il tira les crochets. Le capuchon tomba en arrière, décoiffant le moine complètement. Antoine, qui lui faisait face, hurla de peur: le visage du monstre était aussi squelettique que ses mains! Une peau racornie comme du vieux cuir épousait anguleusement les formes des ossements! Le chat miaula:

– Je vous avais prévenus! Ce n'est pas le Prince Charmant!

Le capuchon tomba en arrière. Antoine, terrorisé, avait cessé de projeter le rayon lumineux de sa loupe contre le vampire, mais par chance pour lui (car il aurait pu passer un mauvais moment!), les feux du soleil tombaient dru maintenant sur la tête horrible. Le moine hurla de plus belle.

– On le tient! triompha Gwenn.

Il courut rejoindre Antoine face au moine. Une épaisse fumée carbonisée enveloppait maintenant le visage racorni qui s'embrasa soudain comme un bouquet d'allumettes ! Antoine plongea derrière la plus proche pierre tombale avec un gémissement de dégoût. Gwenn lui-même, quoique moins impressionnable, demeura abruti devant les flammes :

– Caramba ! Le chat disait vrai !

La tête et les mains flambaient. Le monstre ondulait sur place et ce mouvement, qui agitait l'air, communiqua l'incendie à la robe de bure. La fumée noirâtre et nauséabonde grouillait en volutes vers le ciel. En quelques secondes, le moine fut transformé en brasier...

– Attention ! cria Gwenn.

Il recula. Le moine se tordait en craquant comme un fagot de bois sec. Des gerbes d'étincelles explosèrent lorsqu'il s'effondra...

– C'est... C'est... C'est affreux ! bredouillait Antoine à mi-voix.

Le moine n'était plus qu'un tas de loques qui achevaient de se consumer. Le chat se laissa choir de l'épaule sur les avant-bras de la statue, puis sur le socle, et de là sur le sol pailleté de lumière. Antoine frissonna.

– C'est abominable ! dit-il. Cet endroit est abominable !

– Pardi ! miaula le chat en le rejoignant pour se frotter à ses jambes. Vous êtes de l'autre côté du miroir, mes mignons ! Nous n'avons pas les mêmes vâââleurs !

La combustion du monstre s'achevait, étouffée. Il n'y avait plus de flammes, mais de la fumée filtrait du tas de cendres et de braises. Antoine, sans y penser, se grattait vivement le pouce. Gwenn fit entendre un ricanement :

– Antoine ! Ya l'téléphoine qui soinne !

VIII

Alice-la-râleuse ne mangeait pas au restaurant scolaire.

Elle était rentrée déjeuner chez elle, et repartait vite fait pour l'école. Elle pestait toute seule en marchant :

– Et comment que je sais ce que je dis !

– Hé ! Alice !

C'était Omar, qui mangeait chez lui également. Il portait sous le bras une boîte de café en poudre cylindrique.

– Qu'est-ce que c'est que cette boîte ? se renseigna Alice.

– Elle est vide. C'est pour Kevin.

– Pour quoi faire ?

– Il ne me l'a pas dit.

Les enfants remontèrent ensemble la rue Mouffetard en direction de la place de la Contrescarpe.

– Quelle histoire, tout de même ! s'extasiait Omar. À l'école ! Tu as vu ! Antoine et Gwenn ont traversé le miroir !

– Peuh ! Ce n'est pas sorcier !

– Qu'est-ce qui n'est pas sorcier ? s'enquit Éléonore qui survenait sur leur droite par la rue Ortolan en jouant à la corde à sauter.

– Si on te le demande… commença Alice sans aménité.

Mais Omar répondit pour elle :

– Ils ont traversé le mouroir – heu, le miroir ! dit-il en se corrigeant et en éclatant de rire pour s'être trompé de mot.

Alice ricana :

– Justement !

– Qu'est-ce que tu veux dire ? fit Éléonore.

Elle cessa de sauter pour marcher à côté des autres.

– Je veux dire que de l'autre côté, ce n'est pas seulement un cimetière ! assena Alice. Parfaitement ! C'est le territoire des morts qui commence !

– Houlà ! hoqueta Omar faussement rebuté. Avec des diiiaaables !

– Parfaitement ! éclata Alice. Des diables, des Trolls, des morts, des vampires, des squelettes, plein d'horribles personnages !

– Halloween ! s'écria Omar avec une grimace qui se voulait effrayante et découvrait ses dents. Tu crois qu'il y pousse des citrouilles ?

– Andouille ! riposta Alice avec un haussement d'épaules méprisant.

– Et comment que tu sais que c'est le territoire que tu dis ? interrogea Éléonore.

– Je le sais, voilà tout ! dit Alice.

Ils débouchaient place de la Contrescarpe. Ils la traversèrent entre les catalpas aux larges feuilles. Comme il faisait beau, de nombreux consommateurs étaient attablés à la terrasse du café La Chope, et Louis, le garçon, allait d'une table à l'autre avec un plateau chargé de verres. Un pigeon voleta au-dessus des enfants.

– Rrrrou ! Salut ! roucoula-t-il.

Ils obliquèrent vers la gauche. La dame aux pigeons était installée sur son banc préféré, à l'ombre d'un arbre, son grand cabas noir et son parapluie à ses pieds. Ses pigeons l'environnaient, certains posés sur ses genoux, ses bras, ses épaules, et l'un même, irrévérencieusement, sur sa tête. La vieille dame agita la main.

– Ça va, les enfants ? Quoi de neuf aujourd'hui ?

Ils s'approchèrent, hésitants.

– On lui raconte tout ? chuchota Omar.

– Quoi ? demanda la vieille dame qui l'avait entendu.

– Rrrrou ! fit le pigeon juché sur sa tête. Ils veulent parler de la disparition de leurs copains !

Les enfants échangèrent un regard d'étonnement.

– Comment que vous savez ça ? demanda Éléonore.

– Rrrrou ! C'est le secret de tout le monde ! roucoula le pigeon. Les enfants de l'école ne parlaient que de ça à la récréation de midi ! Il suffisait d'écouter !

La vieille dame fit claquer sa langue contre son palais pour rappeler l'oiseau à plus d'indulgence :

– Ttt-ttt ! Ne nous énervons pas. Qu'est-il arrivé vraiment ?

– C'est simple, expliqua Éléonore en s'asseyant à côté d'elle sur le banc. Antoine et Gwenn ont surpris un petit homme en classe...

– Rrrrou ! On le sait ! Un korrigan !

– Rrrrou ! Non ! Un Troll ! roucoula un deuxième pigeon qui vint se poser ensuite sur le bras d'Omar. Il les a miniaturisés !

– C'est vrai, confirma Éléonore. Même qu'ils l'ont poursuivi à travers un miroir de poche !

– Si bien que maintenant, compléta Omar, ils sont chez les diables ! Vous vous rendez compte ?

La vieille dame souriait, attentive. Elle allongea les lèvres en une moue sceptique :

– Moi, ça ne m'étonne pas, déclara-t-elle. Le quartier grouille d'enfantastiques depuis des années...

– Mais quand même ! s'écria Omar. Ils ont traversé le miroir !

– Tu parles ! grommela Alice. Ils ont réussi parce qu'ils suivaient le bonhomme ! C'est lui qui avait le pouvoir !

Éléonore haussa les épaules, sa corde à sauter à la main :

– N'empêche !

Alice haussa les épaules à son tour :

– N'empoire !

Éléonore lui fit face, le sourcil froncé :

– N'empomme ! Tu es jalouse ! C'est pour ça que tu râles depuis ce matin !

Alice l'affronta :

– Moi, jalouse ! Alors là, tu te mets le doigt dans le nez !

Omar s'était assis en tailleur sur le macadam de la place. Il tendait un bras à l'horizontale afin que le pigeon qui l'avait pris pour terrain d'atterrissage s'y déplace à sa guise.

Alice, restée debout, avait abattu ses poings fermés sur ses hanches, les bras comme deux anses de jarre. La vieille dame fit entendre un claquement de langue :

– Ttt-ttt ! Ne vous querellez pas, mes enfants. Dans le quartier, de nombreux enfants ont toutes sortes de pouvoirs étranges...

– C'est juste ! approuva Omar. Moi, je transforme tous ceux que je désigne en pâte à modeler !

– On le sait! ironisa Éléonore. Tu as transformé un pigeon en plein vol et il a failli s'abattre sur la tête de l'épicier!

Omar rentra la tête dans les épaules pour éclater de rire:

– Hi-hi-hi! Il était plat comme une galette! Heureusement que ce n'était pas Superman! Vous imaginez ça, un homme de pâte à modeler qui tombe du ciel dans un cageot de tomates!

Éléonore riait aussi.

Alice serrait les dents.

Omar se défendit :

– Et puis! Je l'ai ramené à la vie, votre pigeon!

– Ne vous disputez pas, répéta la vieille dame. La seule question qui compte à présent, c'est: comment venir en aide à vos camarades?

– On a posé des miroirs de poche à l'envers un peu partout en classe pour qu'ils puissent rentrer, commenta Omar.

– J'en ai apporté un supplémentaire! annonça Éléonore en tapotant une de ses poches.

– Toi aussi? dit la vieille dame en pointant du doigt les deux poches très enflées d'Alice.

La gamine grogna:

– Non. (Puis, devant l'attente de la vieille dame, elle ajouta:) Moi c'est du sucre.

– Du sucre? répéta la vieille dame incrédule, et elle espérait une explication qui ne vint pas.

Alice gardait le silence.

– Toi, murmura la vieille dame, je crois que tu caches quelque chose…

Alice grommela, inaudible et tête basse.

– Rrrrou ! lança le pigeon posté sur la tête de la vieille dame. Elle traverse peut-être les miroirs !

– Parfaitement ! éclata Alice. Je l'ai déjà fait ! C'est pour ça que je sais ce qu'il y a de l'autre côté ! Ah !

Du coup, les pigeons firent silence, bec ouvert. Les deux camarades d'Alice se taisaient également.

– Tu es donc allée de l'autre côté ? murmura la vieille dame.

La fillette opina, sans un mot.

– C'était un cimetière ? vérifia la vieille dame. Comment es-tu revenue ?

– Par la maisonnette du gardien. Pendant qu'il était sorti. À travers le miroir de sa chambre.

– Quand était-ce ? demanda la vieille dame doucement.

– Il y a trois semaines. Je n'en ai parlé à personne…

– Alors là ! s'écria Éléonore. Tu m'épates ! Si tu as le pouvoir que tu dis, ça m'étonne que tu ne t'en sois pas vantée !

Omar approuvait. Alice s'apprêtait à répliquer vertement mais elle se mordit la lèvre inférieure et préféra se taire. Elle avoua finalement à mi-voix :

– J'ai eu trop peur…

– Tu as vu des diables ? s'écria Omar avec intérêt. Avec des cornes et des queues ?

Alice, renfrognée, ne répondit pas. Le pigeon d'Omar roucoula :

– Rrrrou ! Es-tu sûre d'avoir conservé ton pouvoir ? Parfois, les pouvoirs, on les perd avec le temps…

Alice ne répondit pas. Du bout de son soulier, elle dessinait des traits dans la poussière sur le goudron de la place. La vieille dame intervint, apaisante :

– Et toi ? demanda-t-elle à Éléonore. As-tu aussi un pouvoir ?

Éléonore partit d'un rire joyeux :

– Ah-ah-ah ! Moi j'ai un pouvoir idiot !

Elle riait. La vieille dame sourit, encourageante.

– Bon ! dit la gamine. Vous voyez le monsieur qui traverse la place de droite à gauche ?

– Oui, dit la vieille dame. C'est M. Leblanc, le notaire de la rue Monge. Il est pressé. Il a déjà consulté sa montre deux fois depuis qu'il a débouché de la rue Blainville.

– Alors regardez ! dit Éléonore.

Elle esquissa de la main gauche un mouvement circulaire dans le sens contraire des aiguilles d'une montre, et M. Leblanc se mit à marcher à reculons vers la rue Blainville d'où il provenait. Les enfants éclatèrent de rire.

– Mais ? fit la vieille dame.

– Tu remontes le temps ? crut avoir deviné Omar.

– Mais non ! Regardez mieux ! Regardez les pieds du monsieur !

– Caramba ! s'exclama Omar. Il a les deux pieds à l'envers !

– Et voilà le travail ! triompha Éléonore. Je peux retourner les membres des gens. S'ils croient avancer, ils reculent. Je peux faire la même chose aux ailes des oiseaux, vous voulez la preuve ?

– Rrrrou ! protestèrent les pigeons. C'est vraiment un pouvoir idiot !

– Je vous avais prévenus ! rit Éléonore.

M. Leblanc venait de s'apercevoir qu'il trottait dans le mauvais sens. Il s'immobilisa. Les enfants riaient à le voir reluquer ses pieds en se grattant les cheveux sous le chapeau.

– Fais-le repartir comme il faut, suggéra la vieille dame souriante.

Éléonore esquissa son mouvement de la main gauche, mais cette fois dans le sens des aiguilles, et M. Leblanc retrouva l'usage habituel de ses pieds. Soucieux, il se remit en marche, mais il regardait derrière lui et faillit heurter le tronc d'un catalpa. Il porta la main à son chapeau, comme pour s'excuser, puis il consulta sa montre. Les enfants hilares le virent accélérer, traverser la place en trottinant vers la rue Lacépède.

– Hi-hi-hi ! riait Omar. Il a l'air d'être en retard !

– Rrrrou ! Et tu le seras bientôt aussi ! roucoula le pigeon irrévérencieux juché sur la tête de la vieille dame.

– Houlà ! s'écria Éléonore en se levant d'un bond après avoir consulté sa montre. Déjà une heure vingt-cinq ! Au revoir !

Les enfants s'élancèrent vers l'école, rue Marcel-Aymé. La vieille dame agitait la main vers eux. De part et d'autre de l'entrée de la boutique bariolée du glacier-confiseur, deux grands miroirs verticaux renvoyaient l'image de la place. Alice pila devant. Éléonore, qui la devançait, s'arrêta en n'entendant plus le bruit de ses pas. Elle se retourna :

– Oh !

Elle appela Omar qui avait pris les devants :

– Omar ! Arrête ! Stooop !

Le garçon fit halte et demi-tour. Alice était piquée devant un des miroirs de la boutique. Omar l'appela :

– Alice ! Non ! Attends !

La fillette ne répondit pas. Elle contemplait le miroir sur la place de la Contrescarpe, les pigeons s'étaient envolés vers elle tous ensemble, et la vieille dame s'était levée. Louis, le garçon de café, se retourna et tous les clients l'imitèrent en se demandant ce qui se passait : Alice venait de lancer un coup de pied au miroir ! Et alors, au lieu de le faire exploser, le pied s'y enfonça, la jambe suivit. Comme dans une crise de somnambulisme, la fillette glissa tout entière dans le miroir.

– Alice ! Alice ! l'appelaient ses camarades, médusés, tandis que les pigeons effectuaient un large virage au ras du mur de l'immeuble. L'enfantastique se retourna, juste avant de disparaître :

– Prévenez Antoine que j'arrive ! cria-t-elle.

Ensuite, le miroir l'engloutit.

IX

Alice avait débarqué dans le cimetière au milieu d'un groupe de statues. Un feu follet passa en chuintant à la hauteur de sa tête et s'éteignit…

– Jourbon ! lança une voix.

Alice se retourna sans voir personne. Levant les yeux, elle découvrit un personnage vêtu de rouge, pendu la tête en bas sous la branche horizontale d'un haut calvaire de pierre qui paraissait tordu, pas tout à fait dans l'axe…

– Hum ! Méfiance… murmura la gamine.

Le personnage avait la face rougeâtre, une barbiche rouge et des yeux luisants de même couleur. Il porta une main rougeâtre à son chapeau haut de forme rouge, l'ôta poliment (et alors, Alice vit ses cornes rouges dans sa chevelure rouquine) et répéta :

– Jourbon !

– Caramba ! grommela la fillette pour elle-même. Celui-là est sûrement un diable !

L'autre, dont la longue queue s'achevait en pointe de flèche, s'était recoiffé. Il se tenait debout à l'envers, simplement posé sous la branche horizontale du calvaire.

– Jourbon ! lui renvoya Alice. Qu'est-ce que tu fais la tête en bas ?

– Je me repose, dit l'autre en croisant les bras. Tu comprends, sous terre, nous sommes toujours la tête en bas, alors que vous autres, les humains, vous êtes tous des têtes en l'air ! Hi-hi-hi ! Pour nous, c'est une posture fatigante. Tu prends-com ?

– Je prends-com, répondit Alice. Donc tu es un diable.

– Hi-hi-hi !

Le diable rouge fit un petit saut périlleux en arrière pour se détacher de la croix, et retomba sur le sol en souplesse. Cette fois, il se tenait debout comme un homme.

– Et voilà le vail-tra ! fit-il. Pardon : le travail !

– Formidiable ! approuva Alice. Tu devrais faire ça dans un cirque, tu aurais du succès.

Et elle lui tourna le dos :

– Tu m'excuseras de te quitter, mais il faut que j'aille voir ailleurs si j'y suis !

À l'instant où elle fit un pas en avant, le diable se retrouva devant elle. Il lui barrait le passage, bras écartés. Alice sursauta. Elle vérifia qu'il n'était déjà plus derrière elle, et elle sursauta derechef car il y était toujours.

– Caramba ! fit la gamine. Tu es en deux endroits à la fois !

– Xacté ! dit le diable rouge. Je veux dire : exact !

Alice pivota d'un quart de tour pour filer entre les deux diables, mais se heurta à un troisième, parfaitement identique aux autres.

– Caramba de mille pétards ! s'écria-t-elle en tapant du talon par terre.

Elle fit volte-face : un quatrième diable surgit. Quatre diables l'encadraient. La fillette posa les poings sur les hanches :

– Tu veux peut-être jouer aux quatre coins ? persifla-t-elle.

– Pourquoi pas ?

– Ou à « Je te tiens par la barbichette » ?

– Ce serait logori ! approuva le premier diable. Pardon. Je veux dire : rigolo !

Alice réfléchissait que seul le premier diable parlait. Elle se demanda si les autres existaient vraiment ou s'ils n'étaient que des leurres comme dans les jeux vidéo. Elle souffla sur un feu follet qui passait près du deuxième démon. Le feu follet le traversa, comme un papillon incandescent. Puis il s'éteignit. Cependant, le premier diable venait de se pencher en avant, de poser les mains sur le sol, où il s'installa comme un acrobate, pieds en l'air. Les trois autres diables l'imitèrent.

– Je sais à quoi on va ser-mu-s'a ! annonça le premier démon.

Il avança sur les mains, se tint en appui sur la gauche et, du bout de l'index de la main droite, il traça un cercle au milieu de l'allée. Au même instant, avec un petit grondement, un trou s'ouvrit, qui paraissait profond. Alice haussa les épaules :

– Tu ne m'impressionnes pas ! fit-elle. Ce n'est jamais qu'un trou dans la terre.

– Cord-d'ac ! dit le premier diable en reculant, toujours sur les mains. Nous allons te poser quatre colles, mes pains-co et moi. Chaque fois que tu sauras répondre, un pain-co disparaîtra. Chaque fois que tu ne sauras pas, un de tes quatre membres nous devra l'obéissance. Cord-d'ac ?

– Pas cord-d'ac ! refusa Alice.

Elle fit mine de s'en aller mais, à l'instant où elle s'apprêtait à franchir le trou, une main squelettique en jaillit comme un lapin blanc d'un chapeau. L'enfant recula aussitôt.

– Ah ! fit-elle.

La main disparut dans le trou.

– Ça, commenta le premier diable, c'est l'arbitre ! Tu prends-com ?

– Je prends-com ! répondit Alice. Et qu'est-ce que je gagne si je réponds aux quatre questions ?

Le diable ricana. Alice devina qu'elle n'avait aucune chance de gagner contre lui. Elle se mit à frotter son pouce gauche contre la paume de sa main droite.

– Je peux m'asseoir? dit-elle, et sans attendre la réponse, elle s'assit sur la pierre tombale la plus proche.

Elle frottait toujours son pouce gauche contre la paume de sa main droite.

– Tu as des mis-four ? ironisa le diable. Ou une allergie ?

Pour toute réponse, la gamine prit sa tête dans ses mains bizarrement. Sa main droite couvrait le côté droit, sa main gauche le côté gauche. Le pouce gauche était posé sur l'oreille gauche et l'auriculaire sur ses lèvres. Elle avait l'air désespéré. Elle dit, comme pour elle-même :

– Caramba de mille pétards de caramba de mille...

– C'est original ! commenta le diable rouge.

Mais Alice continua :

– Un diable veut me questionner, un diable veut me questionner, je dis bien : un diable veut me questionner, un diable veut me...

– On va le savoir ! grogna le diable. Tu te pètes-ré !

– Je me parle à moi-même ! répliqua Alice, les mains écartées à plat sur son visage. Je soliloque, j'ai bien le droit de me, heu, de me soliloquer à moi-même, heu, si je veux me soliloquer, heu, à moi-même ?

– Cord-d'ac ! pesta le diable agacé.

– Un diable veut me questionner, reprit Alice, et moi je repète qu'il veut me poser des questions, j'ai bien le droit de monologuer que ce diable veut me poser des colles puisqu'il a l'intention de m'en poser quatre et...

– Assez !

– Tatatatata ! chantonna la fillette. Le diable veut me poser des questions et je me dis à moi-même qu'il...

Elle s'interrompit et sourit, sans changer de posture : une petite voix, enfin, venait de se manifester dans le creux de son oreille par son pouce :

– Allô ! Alice !

C'était Adélaïde ! Alice chantonna :

– Tatatatata ! J'ai rencontré un diable rouge qui veut me poser quatre questions !

– Ça suffit ! cria le diable. Arrête de tatatatater !

– Et quelles sortes de questions veut-il me poser, ce démon ? poursuivit Alice sans tenir compte de la colère du diable.

Celui-ci se fâcha « tout rouge », de sorte qu'il prit une teinte violacée :

– Des questions sur les opér' ! lança-t-il. Une addi', une soustrac', une multipl' et une divis' !

– Tatatatata ! chantonna Alice. Le diable veut me faire faire quatre opérations. Quatre opérations, tatatatata !

– La ferme ! se fâcha le diable rouge. On verra si tu es aussi faraude quand je les poserai !

– Tatatatata ! chantonna Alice. (Elle venait de recevoir le message d'Adélaïde : « Le maître est à côté de moi avec sa calculette. ») Alors ? fit-elle d'un air fanfaron. On commence par une addition ?

– Ouais ! brailla le diable, et il exigea : 3747 + 2974 + 3512 ?

– Tatatatata ! chantonna Alice. 3747 plus 2974 plus 3512 ? Tu parles ! C'est facile, tatatatata !

– 10233 ! chuchota la voix d'Adélaïde dans le pouce.

– 10233 ! répéta Alice.

Boum ! Le premier pain-co du diable rouge fit un saut périlleux en avant et retomba tout droit dans le trou, les pieds devant. Il y disparut avec un grand cri à échos qui se prolongèrent longtemps :

– Aaaaaa… aaaaa… aaaa… aaa… aa… a.

– Hop ! Dans le trou, le pain-co ! fit Alice. Alors ? Elle arrive, cette soustraction, tatatatata ?

– Cesse de tatatatater ! vociféra le diable dépité. Tu m'énerves !

– Tatatatata ! chantonna Alice. J'ai bien le droit !

– Non ! hurla le diable, et il réclama : 7248 - 3799 ?

– Tatatatata ! chantonna Alice, et elle répéta comme pour elle-même : 7248 moins 3799, combien que ça fait, tatatatata ?

Elle faisait semblant de chercher. Quand elle entendit la réponse, par la voix d'Adélaïde, elle n'eut qu'à répéter :

– 3449 !

Boum ! Le deuxième pain-co du diable rouge fit un saut périlleux en avant et retomba tout droit dans le trou, les pieds devant. Il y disparut avec un grand cri à échos qui se prolongèrent longtemps :

– Aaaaaa...aaaaa... aaaa... aaa... aa...a.

– Hop ! Dans le trou, le pain-co ! fit Alice. Alors ? Elle arrive, cette multiplication, tatatatata ?

Le diable était furibond, presque mauve. Il frappait le sol du poing et crachait de la fumée par les narines. Il se retourna subitement debout sur ses pieds :

– Attrape ça, péronnelle ! cria-t-il méchamment. 374 x 746 !

En temps ordinaire, Alice se serait contentée d'avaler sa salive avec des sueurs froides. Mais elle chantonna :

– Tatatatata ! 374 fois 746 ? Je dis bien 374 fois 746 ! Tatatatata ! C'est diffifacile, tatatatata ! (Et comme Adélaïde lui soufflait la réponse :) Ça fait 279 004 !

Boum ! Le troisième pain-co du diable rouge fit un saut périlleux en avant et retomba tout droit dans le trou, les pieds devant. Il y disparut avec un grand cri à échos qui se prolongèrent longtemps :

– Aaaaaa… aaaaa… aaaa… aaa… aa… a.

– Hop ! Dans le trou, le pain-co ! fit Alice. Alors ? Elle arrive, cette division, tatatatata ?

Le diable rouge rugit de rage. Sa queue battait autour de ses hanches comme un fouet. Il flanqua son chapeau par terre, mais Alice ricana :

– Tatatatata ! Il reste la division, j'adore les divisions ! Le diable sautera dans le trou avec ses pains-co !

Le diable fulminait. Alice vérifia, l'air innocent, mais sans ôter les mains de sur son visage :

– Car c'est ce qui va se passer, n'est-ce pas ? Quand tu auras perdu, tu sauteras dans le trou comme les autres ?

– Ferme-la ! barrit le diable rouge.

– Et tu te feras tailler les cornes en pointe par tes chefs ?

– Ferme-la !

– Je suis sûre que tu vas perdre, tatatatata !

– Ferme-la ! Et cesse de tatatatater, bourrique !

– Envoie-moi ta division !

– La feeerme !

Le diable ramassa son chapeau, se le recala sur la tête d'un coup de poing. Sa queue agitée derrière lui, il se mit à déambuler de long en large. Soudain il s'immobilisa et fit face à son adversaire :

– Bon, dit-il. Match nul. On n'en parle plus. Cord-d'ac?

– Pas cord-d'ac! J'adooore les divisions!

– Match nul! Ça fit-suf!

Le diable était sur la défensive. S'il proposait d'arrêter le jeu, c'est qu'il pressentait que la fillette triompherait de la dernière épreuve et qu'il serait forcé de plonger dans le trou comme ses leurres. Il négocia:

– Qu'est-ce que tu réclames pour arrêter la partie?

Alice hésita. Elle pouvait demander où était le Troll que ses camarades recherchaient. Mais que ferait-elle du renseignement? Et que pouvait-elle entreprendre sans Antoine et Gwenn? Où se trouvaient-ils, d'abord? Dans le cimetière, pardi. Il était vaste, mais il suffisait de repérer la lanterne des morts, et Alice se sentait de taille à faire ça toute seule.

– Alors, tu te décides, veuse-mor? s'impatienta le diable.

Il était remonté sur le calvaire de pierre tordu tandis qu'elle réfléchissait: il y pendouillait comme précédemment, tête en bas. Il fallait se débarrasser de lui. La gamine rusa:

– Je te propose un arrangement!

– Un arrangement? fit le diable, méfiant.

– Ouais. Tu me poses ta division et...

– Non! s'écria précipitamment le diable rouge.

– Attends! dit Alice. Tu me poses la question et j'écris la réponse par terre. Comme ça, personne n'entendra si c'est bon ou faux, et tu ne seras pas forcé de sauter dans le trou.

Le diable se balançait mollement à la branche du calvaire en grattant sa barbiche rousse. Il réfléchissait.

– Cord-d'ac ! accepta-t-il gaiement.

– Vas-y, pose ta division ! le défia Alice, et elle ajouta pour Adélaïde : le diable va poser une division ! Tatatatata !

– Je le sais que je vais poser une division ! Péronnelle ! grogna le diable rouge. Regarde par terre !

Il avait pointé l'index droit vers le sol, et voilà que des gravillons s'y déplaçaient tout seuls, se regroupaient, s'associaient pour composer des chiffres. Avec stupeur, Alice put bientôt déchiffrer l'opération suivante : 22464 ÷ 624. Elle secoua la tête et murmura :

– 22464 divisé par 624 ! Tatatatata, ce n'est pas de la tatatata-tarte ! 22464 divisé par 624 ! Tout le monde sait faire une opération pareille en deux temps et trois coups de klaxon ! Tatatatata ! 22464 divisé par…

La réponse tardait à venir. Alice n'était pas rassurée. Quand elle arriva, la fillette faillit la crier, mais elle se retint, et, du bout du pied, écrivit par terre : 36. Le diable eut un haut-le-cœur. Il se tortillait sous la branche de pierre du calvaire comme une chauve-souris dérangée par des explorateurs, et regardait partout autour de lui avec appréhension.

– Efface ça, péronnelle ! exigea-t-il d'une voix blanche.

Il se laissa choir au sol. Ôtant son chapeau, il passa sa main sur son front en sueur. Il lorgnait le trou comme s'il redoutait d'en voir jaillir une tripotée d'ennuis. Du geste, il dispersa les graviers qui avaient servi à poser la division : les petits cailloux fuyaient en tous sens. Mais il ne toucha pas à la réponse d'Alice. La fillette comprit qu'il n'en avait pas le pouvoir. Alors, impitoyable, elle éclata de rire et dit à haute et intelligible voix :

– Attrape ça, patate ! La réponse à ta division est « trente-six ».

– Aaaahhh !

Le diable rouge fit une pirouette en l'air et retomba tête la première dans le trou, happé par cent bras osseux. Il y eut un vacarme de coups et de hurlements terribles, avec des échos, et soudain, avec un grondement plein de poussière, le trou se referma. La gamine avait reculé, effrayée. La voix d'Adélaïde l'appelait :

– Alice ! Alice ! Réponds ! Est-ce que ça va ?

– Oui, ça va, dit Alice. Il n'y a pas le feu !

Et gaillardement, elle tourna les talons et se mit en marche dans une large allée à la recherche d'Antoine et de Gwenn.

X

S'écartant de l'allée pailletée d'éclats de verre, Antoine et Gwenn s'étaient approchés des chapelles. Gwenn s'immobilisa, aux aguets :

– Écoute !

On entendait, très étouffé, un grondement et des battements réguliers de machines, comme une respiration.

– Ça vient de sous terre, commenta Gwenn.

Comme il s'était retourné pour parler, il avait l'air de s'adresser au chat qui s'éclipsa vite fait dans un épais buisson d'hortensias :

– Débrouillez-vous sans moi ! miaula-t-il.

Les garçons restèrent intrigués devant les entrées des quatre chapelles. Gwenn désigna la troisième :

– Celle-là a un vitrail jaune. La couleur du Troll…

Il tira la grille à demi ouverte, la fit un peu grincer. Antoine s'était agenouillé dans l'herbe, l'oreille collée au sol.

– Tu fais ta prière ? ricana Gwenn.

– Non ! Les grondements viennent bien de là-dessous ! dit Antoine en se relevant.

– Tu me suis ? vérifia Gwenn.

Il s'engagea dans l'entrée de la chapelle. Une volée de six marches de pierre descendait dans un caveau voûté mal éclairé par un petit vitrail jaune. Antoine se retourna, enregistra que le chat s'était réfugié sur une tombe de marbre où il se chauffait au soleil. Une seconde, il regretta son départ...

– Tu viens ! s'impatientait Gwenn.

Antoine le rejoignit dans le caveau. Au centre, une pierre tombale rectangulaire s'élevait de quelques centimètres au-dessus du sol pavé. Une tête de mort très stylisée y était gravée. Le même bruit sourd qu'ils avaient déjà entendu, ponctué de soufflements et de battements de machines, résonnait plus distinctement que dans l'allée.

– On ferait peut-être mieux de s'en aller ! estima Antoine à voix basse.

– Pas question ! trancha Gwenn. Pas maintenant que nous savons que le Troll a perdu sa ceinture et posé le pied dans la gouache ! Il faut le retrouver avant ce soir ! Quelle heure peut-il être rue Marcel-Aymé ?

– Adélaïde a appelé après treize heures trente.

Gwenn se mit à inspecter les recoins obscurs du caveau, à longer les murs à quatre pattes en tâtant les pierres de la base une à une. Le bruit de respiration et de grondement persistait. La voix d'Antoine s'éleva soudain, joyeuse :

– Je crois que j'ai trouvé quelque chose !

– Quoi ? demanda Gwenn enfoncé dans l'ombre.

– L'entrée ! dit Antoine.

Il désignait la pierre tombale à ses pieds :

– Il y a deux anneaux !

– Où ?

Sortant de l'ombre, Gwenn s'était rapproché. Antoine désigna la tête de mort gravée à la base de la pierre tombale. Elle était à peu près comme ceci :

– Chaque œil est un anneau ! expliqua Antoine. On ne le voit pas à cause du manque d'éclairage, mais pose tes doigts dedans, tu les sentiras !

– Hi-hi-hi ! ricana Gwenn. Ce n'est pas le moment de se mettre le doigt dans l'œil !

Il s'abaissa pourtant, prêt à insinuer les doigts dans les anneaux des yeux, quand le bruit sous eux fut soudain perturbé par des voix. Et voilà que les anneaux bougeaient, se redressaient ensemble !

– Caramba ! s'exclama Gwenn à voix basse. Cachons-nous !

Il se jeta dans un coin obscur du caveau tandis que son camarade plongeait dans le coin opposé. Il était temps ! Avec un déclic de serrure, la dalle de pierre s'ouvrit et fut soulevée comme une page de livre. Du trou dévoilé, une lumière médiocre sortit, en même temps que les bruits de grondements et de battements s'intensifiaient et que des voix revêches retentissaient toutes proches :

– Ça va faire du bien de se détendre un peu !

– Je suis épuisé !

– Voilà bien cinq heures que je pédale !

Qui parlait ? Les trognes jaunâtres de trois individus moustachus et barbus apparurent hors du trou. Un Troll sortit, trapu, vêtu de jaune. Un

deuxième le suivait, précédant un troisième. Tous trois étaient de la taille des enfants, un peu plus petits. Une fois dans le caveau, le premier se retourna pour attraper les anneaux de la tête de mort, sans doute afin de refermer la dalle.

– Attends, Bibi ! le retint le deuxième. Je crois que Bobo vient aussi.

– Ah bon, dit le dénommé Bibi.

– Et Bubu aussi ! annonça le troisième.

Tous trois étaient dans le caveau, mal éclairés par la lumière jaune du vitrail. Le premier, Bibi, grommela :

– Je ne vais pas attendre cent sept ans ! Vous connaissez le règlement ! Il faut refermer derrière soi ! Moi je referme !

– Attends, dit le troisième.

– Tu sais bien qu'on ne doit jamais laisser la trappe de pierre ouverte, reprit le premier.

– Ils nous suivent ! plaida le deuxième. Alors qu'est-ce qu'on risque ?

– Ça m'est égal ! C'est le règlement ! assena Bibi.

– De toute façon, raisonna le troisième, si quelqu'un voulait entrer, il lui suffirait de tirer et de tourner les anneaux !

– Je ne veux pas le savoir ! dit Bibi.

– Mais puisqu'ils arrivent ! insista le troisième.

– Je m'en fous ! décréta Bibi. Je referme !

– Si tu crains pour notre bombarde, renâcla le troisième, personne ne sait qu'elle existe et qu'elle est là-dessous, à part nous ! Et même ! ajouta-t-il. Si quelqu'un était au courant, une fois dans nos souterrains, il se perdrait !

– Ça, c'est vrai ! approuva le deuxième. Il y a des embranchements partout !

– Je m'en fous! répéta Bibi, obstiné. Le règlement, c'est le règlement, et je ne veux pas risquer qu'on nous vole la bombarde d'or!

– Et comment un inconnu pourrait-il arriver jusqu'à elle? objecta le troisième en prenant le deuxième à témoin. Qui pourrait deviner quels embranchements prendre? Hein?

– C'est juste, approuva le deuxième. Il devrait retenir tout un tas de dates de l'histoire pour s'y retrouver! La bataille de Poitiers pour l'aération! La bataille d'Azincourt pour l'électricité! La date de la mort de Louis XIV pour l'eau! La bataille d'Austerlitz pour le chauffage!

– Les dates de la Première Guerre mondiale pour les entrepôts! renchérit le troisième. Et la date que tu sais qui change tout le temps pour notre bombarde magique! C'est trop difficile!

– Je m'en fous! rétorqua Bibi l'intraitable. Je compte jusqu'à dix et, s'ils n'arrivent pas, je referme! Un... deux... trois... quatre...

– Les voilà! s'écria le troisième.

Deux nouveaux barbus sortirent du trou:

– Merci de nous avoir attendus, les amis! dit l'un. C'était le contremaître qui faisait des chichis! Il prétendait que Bubu n'avait pas pédalé ses cinq heures!

– Alors que je les avais faites! se défendit Bubu. Même que j'ai un furoncle à une fesse! Il a bien été forcé de l'admettre!

– Le contremaître est un râleur! dit le troisième Troll, celui qui avait fait patienter les autres. Il a collé une amende à Boubou parce qu'il a perdu sa ceinture! Vous vous rendez compte!

– Alors là! s'exclama Bibi hargneusement. Alors là, tu m'excuseras de ne pas être d'accord avec toi, mais Boubou est un maudit fouineur qui fourre son gros nez partout! Et je dis que c'est bien fait pour lui s'il se fait taper sur les doigts!

– Mais ce n'est pas sa faute! plaida le nommé Bubu. Franchement, Bibi, je te trouve sévère!

Le petit groupe se dirigea vers l'escalier afin de sortir de la chapelle, tandis que Bibi se baissait, attrapait les anneaux de la dalle et tirait dessus. La trappe se referma. Le Troll se frotta les mains et rejoignit les autres. Ils s'éloignèrent en se querellant...

– Tu as entendu? chuchota Gwenn.

Il restait caché dans l'ombre.

– Oui! dit Antoine sans se montrer. Notre bonhomme s'appelle Boubou!

– Et il est là-dessous! dit Gwenn.

Dehors, on n'entendait plus les voix des barbus jaunes.

– Est-ce qu'ils sont partis? chuchota Antoine.

Gwenn émergea de l'ombre. Appuyé contre le mur, il gravit quatre marches, s'arrêta. Il redescendit:

– Ils ne sont plus là.

– En tout cas, observa Antoine en se montrant à son tour, nous savons maintenant que les Trolls sont un peu moins grands que nous. J'espère qu'il ne va pas en sortir d'autres !

– On ne va pas attendre ! dit Gwenn.

Il se posta devant la dalle de pierre, empoigna les anneaux des yeux de la tête de mort, tira dessus, les tourna comme deux poignées de porte. Le déclic se fit entendre et la dalle s'ouvrit. Le gamin la releva comme une page de livre. Dans l'ouverture, un escalier de pierre descendait, médiocrement éclairé par des petites lanternes murales vacillantes. Le grondement, le souffle puissant de respiration et les battements réguliers décuplèrent…

– Attends ! murmura Antoine sur la défensive. Comment ressortirons-nous si nous entrons là-dedans ?

– Les Trolls y arrivent bien ! dit Gwenn. Nous ne sommes pas plus sots qu'eux !

– Attends ! Tu as compris ce qu'ils voulaient dire avec leurs dates d'histoire ?

– Oh moi ! L'histoire ! fit Gwenn avec un geste de désespoir. Tu sais bien que je confonds Vercingétorix et Jeanne d'Arc !

XI

Un cri retentit dans la classe :

– Je le tiens !

Les enfants se retournèrent. Kevin était à quatre pattes sous sa table. Le genou droit posé sur une boîte de café en poudre retournée, il attira à lui un miroir de poche attaché au bout d'une ficelle, et qui se trouvait auparavant sous la boîte.

– Je le tiens ! exultait-il. Caramba, cette fois, j'en tiens un !

– Quoi ? fit le maître ahuri.

Kevin, sous sa table, venait de soulever sa boîte de quelques millimètres pour glisser le couvercle dessous. Il cria :

– Gare à tes doigts de pied, barbichou !

Et vlan ! Il enfonça la boîte dans le couvercle d'un coup de poing sur le fond. Il se releva tranquillement, la boîte bien refermée dans les mains :

– Je le tiens, le barbichou ! Je l'ai capturé !

Tout le monde le dévisageait, intrigué. Le maître était encore au tableau, la craie à la main :

– Mais qu'est-ce que tu as capturé ? demanda-t-il.

– Un barbichou ! s'écria Kevin en brandissant la boîte. Je l'ai piégé dans la boîte d'Omar !

Pour mieux se faire comprendre, il éleva sa ficelle au bout de laquelle se balançait le miroir de poche :

– J'avais plaqué le miroir face au sol ! Pour appâter un barbu ! Et il s'est amené ! Il est dans la boîte d'Omar !

Il porta celle-ci à son oreille droite :

– Il gueule comme un âne ! Houlàlà !

– Il « brait », corrigea le maître machinalement.

– Hein ?

– Il « brait », répéta le maître. Un âne « brait ».

– Mais ce n'est pas un âne ! protesta Kevin.

Le maître posa sa craie, s'approcha. Kevin lui tendit la boîte :

– Attention ! Il ne faut pas l'ouvrir ! Mettez votre oreille contre la paroi !

– Mais ? fit le maître.

Les élèves éclatèrent de rire. Eux avaient compris ce qui se passait. Plusieurs applaudirent. Kevin les affronta triomphalement :

– Il est dedans, le barbichou ! Il est furieux ! Il saute dans la boîte pire qu'une sauterelle !

– Mais ? répéta le maître interloqué en portant celle-ci à son oreille. Mais ?!

Il entendait de petits cris aigus.

– Mais qu'est-ce que tu as attrapé ?

– Un barbu ! s'écria Kevin. Il mugit comme un cheval !

– Il « hennit », corrigea le maître.

Il porta de nouveau la boîte à son oreille. Les cris, menus, étaient ponctués de coups contre la paroi. Le maître se redressa, éberlué. Les élèves poussèrent une clameur victorieuse :

– Ouaiiiis !

Ils firent cercle autour de Kevin, à qui le maître rendit sa boîte.

– Tiens-la bien ! recommanda Rosine. Il ne faut pas qu'il sorte ! Il ne faut pas croiser son regard !

– Ben pourquoi ? demanda Boubakar qui aurait bien voulu voir le bonhomme.

– Il a peut-être les mêmes pouvoirs que l'autre ! répliqua Joseph. Tu as envie d'être miniaturisé ?

– Moi je ne risque rien ! ricana Boubakar. Avec mes pupilles à voir dans les coins !

Les élèves protestèrent. Plusieurs, intimidés, reculèrent. Le maître éleva la voix pour reprendre sa classe en main :

– Calmez-vous ! Qu'as-tu capturé, Kevin ?

– Un barbu ! Un Troll comme celui qui a miniaturisé Antoine et Gwenn ! J'avais préparé un piège, il s'est fourré dedans ! J'ai retiré le miroir pour qu'il ne puisse pas repartir.

Le maître leva les yeux au plafond avec un soupir.

– C'est vrai, monsieur, dit alors la petite Claire venue au premier rang. Il est dans la boîte. Je le vois.

Le maître soupira derechef.

– Tu le « vois » ? fit-il. « Dans » la boîte ?

– C’est vrai ! s’écria la grande Manuela. Elle voit à travers la boîte ! Elle voit même à travers les murs !

– Caramba... taclan ! murmura le maître avec humour.

Il n’en croyait rien. Les enfants protestèrent. Manuela courut à la porte de la classe :

– Regardez, monsieur ! dit-elle. Je sors dans le couloir, et Claire peut vous dire tout ce que je fais ! Dis-le, Claire !

Elle ouvrit la porte avant que le maître ait pu intervenir pour l’en empêcher, et sortit. On ne la voyait plus. En revanche, on l’entendit appeler :

– Vas-y, Claire ! Dis ce que je fais !

– Tu es sur un pied ! répliqua Claire à côté du maître.

– Oui ! approuva Manuela en réponse. Et maintenant ?

– Tu es accroupie !

– Oui ! confirma Manuela toujours invisible. Et maintenant ?

– Tu croises les bras et tu fais la toupie sur la pointe des pieds !

– Oui ! cria Manuela.

On entendit un bruit.

– Tu es tombée par terre ! compléta Claire.

– Heu... oui ! avoua Manuela piteusement.

Elle reparut dans l’encadrement de la porte. Les élèves riaient. Le maître aussi.

– Belle démonstration ! apprécia-t-il. Surtout la chute !

– Elle voit à travers tout ! affirma Manuela en désignant la petite Claire. Elle peut même vous dire ce que vous avez dans vos poches !

– Merci bien ! dit le maître peu disposé à faire l'inventaire de ses poches en public.

– Et elle voit à travers la boîte ! continua Manuela. Elle voit le bonhomme jaune ! Pas vrai, Claire ?

Le maître était ébranlé :

– Tu le vois ? dit-il en étrécissant les yeux.

– Oui. Il est chevelu et barbu et il saute partout. Mais il n'est pas jaune…

– Quoi ?!!

– Il est bleu. Ses habits sont bleus, il a la peau bleue, et la barbe bleue.

La classe murmura. Le maître reluqua ses élèves d'un air soupçonneux. Kevin porta la boîte à son oreille droite :

– En tout cas, dit-il, il gueule comme un éléphant !

– Il « barrit », corrigea le maître.

– Et il fout des coups de pied partout dans la boîte ! ajouta Kevin.

– Il « donne » des coups de pied, corrigea le maître.

– Oui ! Il donne et il fout plein de coups de pied ! approuva Kevin.

– Il ne faut pas le laisser sortir ! rappela Rosine. Il ne faut pas que ses yeux croisent les nôtres !

– Tiens ? Il s'est calmé ? s'étonna Kevin.

Il déposa la boîte devant lui sur sa table.

– Il nous écoute, annonça Claire. Il s'est assis en tailleur.

– Ne parlons pas d'Antoine et Gwenn ! conseilla Joseph à mi-voix.

– Non, dit le maître. Plus un mot sur eux. Qui a des ciseaux pointus ?

Manuela bondit à son casier :

– Moi !

– Merci, dit le maître.

De la main gauche, il retint la boîte fermement et, de la droite armée des ciseaux, il en perfora le couvercle de plusieurs trous.

– Ne le libérez pas ! s'alarma Rosine.

– Non, dit le maître. Mais il a besoin de respirer.

– Il s'est remis debout, annonça Claire. Il regarde en l'air.

– On devrait l'interroger, suggéra Sophie. Il sait peut-être des choses…

– Oui ! Demandez-lui s'il a les mêmes pouvoirs que les bonshommes jaunes ! s'excita Manuela.

Les autres approuvèrent, agglutinés et frétillants de curiosité. Le maître éleva la voix :

– Holà ! Vous ! Dans la boîte ! Si vous m'entendez, frappez un coup !

– BING ! (Un coup en réponse.)

– Heu… Est-ce que vous avez le pouvoir de miniaturiser les gens ? demanda le maître, tout de même surpris. Heu. Pour répondre « oui », frappez un coup, et deux pour répondre « non ».

– BING ! (Un coup.)

Les enfants murmurèrent. Le maître reprit à voix haute :

– Nous ne vous voulons pas de mal, mais pouvons-nous vous faire confiance ?

Il y eut un bref instant de silence avant la réponse :

– BING !

Les enfants soupirèrent, soulagés. Claire secouait la tête.

Le maître se pencha vers elle. Elle chuchota :

– Avant de répondre, il a posé sa main droite sur son avant-bras gauche et il a plié le bras gauche en serrant le poing comme un bras d'honneur.

– Oh ! fit le maître.

Il réfléchissait. Les enfants se taisaient, impressionnés.

– Il écoute ! chuchota Claire en désignant la boîte.

– Il ne faut pas parler d'Antoine et Gwenn ! rappela Joseph soucieux.

Le maître le rassura en secouant la tête. Il attira les enfants à l'écart :

– Je n'en ai pas l'intention, dit-il tout bas. Mais si ce bonhomme acceptait de leur rendre leur taille, tout serait vite réglé. Il suffirait de les rappeler. Nous le relâcherions ensuite…

Les enfants acquiescèrent. Omar objecta :

– C'est un sournois ! Moi je n'ai pas confiance en lui !

Ils revinrent autour de la table de Kevin. Le maître éleva la voix :

– Avez-vous le pouvoir d'annuler un sort jeté par vos congénères ?

Encore un moment d'attente. Claire fit le geste de porter une main sur le bras opposé replié, tout le monde comprit que le bonhomme bleu répondait par un bras d'honneur.

– Peut-être que les bleus n'ont pas les pouvoirs des jaunes ? suggéra Sophie.

Elle avait parlé à voix haute. Kevin se mit à rire :

– Il t'a entendue ! Il a rigolé ! Il a dit comme ça : « Et ta sœur, pauvre… »

Il allait dire un gros mot. Un regard du maître l'en prévint. La classe retenait son souffle.

– Écoutez, dit le maître à voix haute. Je vais vous poser une question précise. Réfléchissez bien avant de me répondre. Avez-vous le pouvoir d'annuler un sort jeté par un de vos camarades vêtu de jaune, ou ne l'avez-vous pas ?

– BING ! (Un coup, tout de suite.)

Claire secouait la tête :

– Il a refait un bras d'honneur, chuchota-t-elle, il a même tiré la langue et montré ses fesses…

– Je vous l'avais dit ! C'est un sournois ! s'exclama Omar.

De toute évidence, on ne devait guère compter sur le bonhomme. Le maître soupira.

– Est-ce qu'on va le laisser repartir ? s'inquiéta Joseph. Il ne faudrait pas qu'il aille parler de nos copains aux Trolls !

– Non ! dit le maître. Nous ne le relâcherons pas tant que vos camarades ne seront pas de retour sains et saufs. Est-ce que cette boîte est hermétique ?

– Non, elle ferme très bien ! affirma Kevin sans comprendre.

– Tu la garderas, décida le maître en levant les yeux au plafond.

– Pas de danger qu'elle s'ouvre ! rétorqua Kevin.

Il déposa dessus un gros dictionnaire. Le maître fit demi-tour, vers le tableau mural :

– Stanislas, va donc informer le directeur de notre capture. Toi, Adélaïde, tâche de joindre Antoine et Gwenn…

– Ça fait un quart d'heure que j'essaie, répondit la fillette. Ils ne répondent pas…

– Ils sont entrés dans une chapelle ! s'effraya Rosine.

– Avertis Alice ! dit le maître à Adélaïde. Et vous, oui, vous tous, ne croyez pas profiter de l'aubaine pour ne rien faire aujourd'hui ! Ouvrez vos livres de mathématiques page 113 !

XII

Alice s'était assise sur une marche d'accès à la lanterne des morts. La main sur le côté gauche de la joue et les doigts faisant le grand écart, elle téléphonait.

– Tu appelles tes amis de l'autre côté ? miaula une voix.

– Si on te le demande, répondit Alice sans voir qui parlait, tu n'auras qu'à répondre que tu n'en sais rien.

Et elle referma la main, la communication était terminée.

– Bonnes nouvelles ? miaula le chat noir en se montrant sur le piédestal qui supportait la colonne.

Alice soufflait sur ses doigts qui la démangeaient encore.

– Toi, fit-elle, je parie que tu es le chat qui crotte ?

L'animal eut un mouvement de recul offensé :

– Qui crotte ! C'est vite dit, madame ! Je crotte des pépites d'or !

– Ne te vexe pas, s'adoucit Alice.

Le chat s'approcha. Alice le caressa. Le chat ronronna, s'étira. Il arrondit le dos, fit onduler sa queue. Alice le caressa sous le cou, il adorait ça et ferma les yeux à moitié.

– Tu es bien le chat noir que mes copains ont rencontré ? vérifia Alice. Ou tu en es un autre ?

– Non non, ronronna le chat. C'est moi-même.

Alice le grattait, il était ravi. Elle l'attira sur ses genoux.

– Moi j'adore les chats, dit-elle.

– Merci, ronronna le chat noir.

– Mais quelle drôle d'idée de crotter de l'or ! Ça ne sert à rien !

Le chat releva la tête vers elle, à demi retourné :

– Comment ça, « à rien » ? fit-il. Avec de l'or, on peut tout acheter !

– Justement non !

– Alors là, tu m'épates ! dit le chat.

Elle le chatouillait, il miaula de bonheur.

– Supposons, dit Alice, que je possède une pépite d'or.

– Je t'en crotterai une si tu veux, ronronna le chat, parce que je te trouve très gentille.

Alice poursuivit son raisonnement sans tenir compte de l'offre :

– Supposons que j'entre au supermarché ou chez Mme Muche, l'épicière. Tu me suis ?

– Va toujours...

– Eh bien, je ne pourrais rien acheter !

– Comment ça ? dit le chat subitement dérouté.

– Quand je donnerai la pépite à la caisse pour payer mes marshmallows, on me la refusera parce que ce n'est pas de l'argent. Ça ne vaut rien !

– Alors là, pardon ! protesta le chat. L'or vaut plus cher que l'argent, tous les bijoutiers te le confirmeront !

– Mais ce n'est pas de l'argent ! On ne peut rien acheter avec !

– Mais si ! s'écria le chat avec fougue en se redressant. Mais si !

– Non ! L'argent, c'est des billets de banque ! Ou des pièces de monnaie ! Pas de la crotte de chat !

– En or ! rappela le chat insulté.

– Même en or ! Ça ne vaut pas des billets ! Et, ajouta Alice, il y a encore mieux que les billets…

– Quoi ? dit le chat troublé.

– Les chèques !

– Les chèques ? fit le chat perturbé. Ce sont aussi des bouts de papier ?

– Oui ! Sauf que tu écris toi-même la valeur dessus avec un stylo ! Et ça peut valoir des fortunes ! Avec un seul chèque, tu peux t'acheter tous les bonbons du supermarché, et s'il y a assez de zéros, le supermarché entier avec le personnel !

– Non ? dit le chat fortement ébranlé.

– C'est comme je te le dis ! Les chèques, c'est autre chose que de la crotte !

– Alors là ! bougonna le chat abasourdi. Alors là !

Il restait sans voix. Alice profita de l'avantage :

– Et pratique ! Réfléchis ! Combien de kilos de crotte en or faudrait-il pour acheter un supermarché ? Hein ? Une valise ?

– Heu, je ne sais pas, miaula le chat piteusement.

– Je ne pourrais même pas la porter ! Alors qu'un bout de papier, hop ! je le sors de ma poche, j'écris dessus, j'achète !

Elle frappa les paumes de ses mains comme les deux branches d'une paire de ciseaux. Le chat miaula, sur la défensive :

– Pourtant, l'or c'est beau, non ? Les humains l'adorent, ils s'entre-tuent même pour le posséder !

– Je ne dis pas non, admit Alice avec une moue dédaigneuse. Mais pour acheter des marshmallows, ça ne vaudra jamais un billet !

Elle se remit à caresser le chat sur ses genoux. Il soupira :

– Dire que je venais de te crotter une belle pépite d'or…

– Sur mon jean ! s'écria Alice dégoûtée, et elle allait repousser le chat…

Il se défendit :

– C'est de l'or pur ! Ça ne tache pas !

Il se souleva. Alice découvrit un beau boudin jaune sur ses genoux.

– Je voulais te faire plaisir ! se justifia le chat. Tu peux le toucher…

– Oui ?

Délicatement, Alice attrapa la chose entre le pouce et l'index. Cela brillait au soleil, c'était de l'or. La fillette eut un hochement de tête décidé :

– C'est joli ! apprécia-t-elle. J'en ferai une broche ! Merci !

Elle attira le chat à elle et déposa un bisou sur son museau noir. Le chat se réinstalla sur ses genoux. Elle le caressa.

– Surtout, ronronna-t-il, ne raconte à personne que je t'ai crotté de l'or pour rien. Je me ferais taper sur les pattes !

– Tu n'as pas la liberté de crotter à ta guise ?

– Ce n'est pas ça, dit le chat. Mais je dois proposer mes services aux humains contre l'abandon de leur âme, tu comprends. Je ne t'ai même pas proposé la transaction. Alors, si mes chefs l'apprennent...

– Tes chefs ? ricana Alice. Tu veux dire : des diables ?

– Chut ! s'écria le chat noir, et ses yeux furetaient de tous les côtés comme s'il entendait chicoter une souris.

Alice baissa la voix.

– Tes diables, ce ne serait pas par hasard des espèces de cornus rouges avec une longue queue qui marchent sur les mains ? Heu... (Elle se rendit compte qu'elle s'empêtrait. Elle reprit :) Enfin, je veux dire, pas une queue qui marche sur les mains, mais un grand cornu qui marche sur les mains avec sa queue... Heu... Tu me comprends, pas vrai ?

– Justement, c'est ça ! chuchota le chat noir.

– Alors tu n'as rien à craindre ! affirma Alice. J'en ai croisé un qui voulait jouer au plus fin avec moi et qui a perdu l'occasion de rester tranquille dans son coin ! Les ennuis, c'est lui qui les a et qui se fait tanner la peau par ses chefs !

– Ah ? murmura le chat noir avec scepticisme.

– Tu peux me croire ! Il ne fait plus le malin ! Hi-hi-hi ! C'est amusant : un diable qui ne fait plus le « malin » !

– Je ne goûte pas le sel de la plaisanterie, miaula le chat.

– Laisse tomber ! répliqua Alice, et elle se leva. Ouste ! Finis les mamours ! Il faut que je cherche mes copains !

Le chat retrouva les marches de la lanterne des morts avec déception. Alice lui tapota la tête :

– Si tu venais chez moi, Minou, je te soignerais bien !

– Ce serait sûrement plus agréable que les coups de fourche des diables ! murmura le chat.

Alice fit quelques pas dans l'allée et se retourna :

– Dans quelle chapelle sont-ils entrés ? demanda-t-elle.

Le chat jeta un coup d'œil circulaire autour de lui pour vérifier qu'on ne le surveillait pas.

– La jaune, chuchota-t-il. Tu soulèves la dalle si tu veux descendre dans les souterr... Cache-toi ! s'écria-t-il soudain. J'entends des Trolls s'amener !

Il avait l'ouïe mille fois plus fine qu'Alice. Elle sauta tout de suite à plat ventre derrière une haute pierre tombale. Un petit groupe venait, provenant des quatre chapelles à la fois. Il y avait des jaunes des rouges, des verts, des bleus. Barbus, chevelus et vindicatifs, ils se querellaient :

– C'est nous les meilleurs ! aboyait un rouge. Sans nous, vous n'auriez pas d'eau !

– Les meilleurs c'est nous ! se vantait un jaune. Sans nous, vous n'auriez pas d'air !

– Et sans nous, alors ! les coupa un vert. Vous n'auriez même pas d'éclairage !

– Et sans nous, aboya un bleu, vous n'auriez plus rien à manger, tas d'andouilles !

– Andouille toi-même ! répliqua un rouge. C'est connu : les bleus sont des andouilles royales !

– Et vous des corniauds ! riposta un bleu. Des nuls ! Des tarés !

– Répète? dit le rouge, et il s'arrêta, menaçant. en posture de boxeur.

– Oui, je le répète! Vous êtes des crétins!

Fouac! Il reçut une gifle qui le fit vaciller. Les autres s'interposèrent:

– Arrêtez! Arrêtez!

Mais le bleu se rebiffait. Il fonça dans le tas. La bagarre devint générale. Bing! Fouac! Paf! Les horions s'abattaient comme des roulements de tambours! Les cris fusaient comme des appels de trompettes! Deux Trolls jaunes qui sortaient à leur tour de la chapelle accoururent en glapissant:

– Holà! Qu'est-ce qui se passe?

Ils se jetèrent dans la mêlée. Alice, qui riait, cachée, la bouche dans les mains, ne put réprimer un petit cri de surprise, que par chance personne n'entendit:

– Oh!

Puis elle chuchota:

– C'est le jaune sans ceinture! Sa pantoufle est tachée de gouache blanche!

Mais le combat continuait, chaque belligérant y allait de sa vantardise:

– C'est nous les meilleurs! se flattaient les jaunes. Sans nous, vous n'auriez pas d'air!

– Vous ne manquez pas d'air, en effet! braillaient les verts en frappant à coups redoublés sur tout ce qui s'approchait d'eux. Sans nous, vous seriez aveugles! Dans l'obscurité! Dans le cirage! Déjà que vous n'y voyez pas plus loin que le bout de vos gros tarins par temps clair!

– Et sans nous, alors! récriminaient les rouges en cognant avec enthousiasme. Vous ne boiriez pas, vous ne vous laveriez pas!

– D'ailleurs ils ne se lavent jamais! vociféraient les bleus. Et ils puent!

– Répète, saligouin!

La bande s'éloigna en grand vacarme entre les tombes du cimetière. Alice frappa son poing droit dans la paume ouverte de sa main gauche:

– Caramba! C'était le barbu jaune! Si seulement Antoine et Gwenn avaient été là! On l'aurait capturé! Il faut que je prévienne Adélaïde!

Le chat miaula:

– Je serais bien étonné que tu captures un Troll!

Il avait rejoint la fillette prête à téléphoner tandis que le chahut des Trolls s'éloignait. Elle suspendit son geste:

– Et pourquoi que je ne le capturerais pas?

– Parce qu'il te transformerait en pot de géranium si tu t'avisais de croiser son regard!

Alice pinça les lèvres, contrariée.

– Surtout, développa le chat, si tu te montres assez téméraire pour t'attaquer à toute une bande!

Le chat bâilla, s'étendit dans l'herbe, s'étira paresseusement. Alice écarta les doigts:

– Il faut que je prévienne Adélaïde de faire revenir les garçons.

Elle frottait son pouce contre la paume de sa main opposée. Elle réfléchissait en même temps. Son regard s'illumina :

– À moins que...

Elle roula dans l'herbe de manière à se retrouver nez à museau avec le chat. L'animal recula :

– Tu vas me faire loucher, miaula-t-il.

– Minute ! Et si nos regards ne se croisent pas ? Est-ce qu'il est possible de capturer le bonhomme jaune ?

– Certes, certes... Si vos regards ne se croisent pas... Mais c'est ça qui est difficile...

– Minute ! insista Alice. Est-ce qu'il a le pouvoir de rendre leur taille à Gwenn et Antoine ?

– Certes, certes... miaula le chat.

– Bon, dit la gamine en se relevant.

Un morceau de sucre tomba de sa poche. Elle le ramassa, le rempocha, et fit quelques pas...

– Il faut que je téléphone. Je suppose que tu n'aimes pas le sucre ?

Elle n'attendit pas la réponse. Elle écarta les doigts de sa main gauche à plat sur son visage :

– Allô ! Allô ! J'appelle Adélaïde ! Allô ! Tatatatata ! chantonna-t-elle.

Un feu follet passa. Le chat leva une patte antérieure pour l'attraper, mais la retira aussitôt. Alice continuait d'appeler :

– Allô ! Adéla... Ah ! C'est toi ! Il faut que je dise une chose importante pour Gwenn et Antoine...

Elle s'interrompit soudain. Ses yeux allaient d'une tombe à l'autre. Elle s'adressa au chat, changeant soudain de sujet :

– Dis donc, fit-elle. Tu trouves ça juste, toi, que certaines tombes soient fleuries et d'autres pas ?

XIII

Antoine et Gwenn avaient descendu l'escalier de pierre éclairé médiocrement par les lanternes murales. La lumière vacillait. Elle montait avec éclat pour baisser ensuite, au point que les deux garçons redoutaient parfois qu'elle ne s'éteigne.

– Je n'aimerais pas me retrouver dans l'obscurité ! murmura Antoine.

Devant eux, un large souterrain descendait en pente douce. Ils s'arrêtèrent. Le bruit de respiration profonde et de battements réguliers qui les avait intrigués se faisait de plus en plus fort.

– Je ne sais pas de quoi on approche, ricana Gwenn, mais on approche de quelque chose !

Il fit quelques pas dans le souterrain, se retourna :

– On y va ? Ou on n'y va pas ?

– Il faudrait un plan, raisonna Antoine.

– Tu as de quoi écrire ? répliqua Gwenn.

Ils n'avaient ni papier ni crayon. Des embranchements souterrains secondaires partaient du principal des deux côtés. Ils paraissaient nombreux.

– Il faudrait au moins marquer notre passage ! grommela Gwenn. Tu n'as pas une craie par hasard ?

– Je n'ai rien, avoua Antoine en portant ses mains à ses poches. Oh ! fit-il soudain. Si ! Le rouleau de

scotch ! On pourrait coller un morceau sur les parois de pierre où on passe ?

– Attention !

Des voix résonnaient au bout de la ligne droite, amplifiées par le souterrain. Les garçons se jetèrent à droite dans la première ouverture qui se présenta.

Deux barbus venaient en bavardant, hors d'un boyau latéral. Les garçons se plaquèrent dos à la muraille, dans l'ombre.

– J'en ai marre ! se plaignait le premier barbu vêtu de rouge. Je rapporte une bague en or et je me fais sermonner parce qu'elle ne vaut pas assez cher !

– Ne fais pas attention ! le réconfortait l'autre, vêtu de vert. Les contremaîtres ne sont jamais contents ! Ce sont des râleurs !

– Quand même ! dit le premier. Une bague en or !

– Moi, l'autre jour, reprit le deuxième, j'ai rapporté un collier de diamants. Tu sais ce que m'a dit le contremaître ?

– Non !

Les voix étaient proches. Les gamins se collèrent à la muraille pendant que les Trolls les dépassaient en récriminant.

– Il m'a dit, texto, pour un collier de diamants : « Il faudra faire mieux la prochaine fois » ! Tu te rends compte !

– Le goujat !

Les deux personnages s'éloignaient. Ils atteignirent le pied de l'escalier qui menait à la chapelle jaune et firent halte. Ils bavardaient toujours :

– C'est comme si tu venais de remporter un championnat du monde et qu'on te demandait de faire mieux ! C'est stupide !

– Aberrant !

Ils se serrèrent la main.

– Bon, je te laisse sortir par la chapelle verte, moi je dois sortir par la rouge. On se retrouve dehors. Jardin !

– Jardin !

Jardin ? Ils se séparèrent. Le barbu rouge emprunta l'escalier vers la chapelle rouge tandis que le vert bifurquait à gauche vers un escalier parallèle. Antoine et Gwenn écoutèrent leurs pas décroître...

– On y va ? dit enfin Gwenn.

– Où ? demanda Antoine, et il ajouta : pourquoi disaient-ils « Jardin » ?

– Je n'en sais rien. Allons ! Toi, prépare ton scotch. On s'en servira si on quitte le souterrain principal...

Ils se mirent en marche, dépassèrent plusieurs embranchements à droite et à gauche. Antoine s'immobilisa :

– Stop ! Regarde !

Du bras tendu, il désignait une plaque vissée à la muraille à l'entrée d'un boyau secondaire. Elle portait le numéro « 7 ».

– Chaque souterrain est numéroté, dit-il. J'ai déjà vu à gauche les numéros 3 et 5, et à droite les numéros 2 et 4. D'un côté, c'est pair, et de l'autre impair...

Le grand souffle respiratoire provenait de la gauche, ainsi que les battements réguliers. L'éclairage faiblissait, remontait...

– On va vers la gauche ? suggéra Gwenn.

Antoine restait pensif face au numéro « 7 ».

– Te rappelles-tu, dit-il, les paroles des Trolls qu'on a croisés dans la chapelle ? À propos des dates d'histoire ?

– Moi, l'histoire ! pouffa Gwenn.

– De quelle première date avaient-ils parlé ?

– Pfff ! J'ai déjà du mal à retenir ma date de naissance !

– Ils parlaient de la bataille de Poitiers pour l'aération ! La bataille de Poitiers, ce n'est pas celle où Charles Martel a arrêté l'invasion arabe ?

– Pfff !

– C'était en 700 et quelques... Peut-être faudrait-il s'engager à gauche dans le souterrain « 7 » ?

Gwenn était ébranlé. Antoine réfléchissait.

– « 7 » est le chiffre des centaines ; peut-être faut-il s'engager là pour trouver ensuite d'autres souterrains pour ceux des dizaines et des unités...

– Et c'est quoi la date exacte ?

– Attends... Charles Martel arrête les Arabes à Poitiers en... à Poitiers en 732 ! triompha Antoine. C'est 732 !

Il colla un morceau de scotch sur la muraille et s'enfonça résolument dans le souterrain « 7 ». Gwenn le suivit. Ils longèrent la paroi de gauche. Le bruit de respiration et de battements forcissait.

– On cherche le numéro « 3 », précisa Antoine. Côté impair.

Le bruit de respiration s'amplifiait, les battements devenaient plus nets. Un petit souffle d'air vint caresser la chevelure des enfants.

– Attention ! s'écria Gwenn.

Il attira son camarade dans un souterrain proche car un barbu venait, seul. Il bourdonnait une chanson idiote en trottant au pas cadencé :

Plus on pédale plus on se fatigue,
plus on se fatigue plus on a d'air,
plus on a d'air plus on respire,
plus on respire plus on pédale !
(Et il recommençait :)
Plus on pédale plus on se fatigue...

Il passa. Les garçons reprirent leur exploration dans le couloir « 7 ».

– Là ! chuchota Antoine.

À gauche s'ouvrait le souterrain « 3 ». Le gamin y colla un morceau de scotch, et suivit Gwenn qui s'y était déjà introduit. Un souffle d'air frais accompagnait le bruit accentué de respiration et de battements. Antoine rattrapa son camarade :

– On cherche côté pair ! Le numéro « 2 » ! dit-il.

La lumière était incertaine. Ils firent une trentaine de pas.

– Attention !

Deux barbus venaient, vêtus de salopettes jaunes. Les deux camarades se réfugièrent dans un boyau étroit.

– Ce sont des fainéants ! protestait le premier barbu.

– C'est vrai ! approuva l'autre. Les verts sont des paresseux !

– Vise-moi cette lumière faiblarde ! Il y a des moments, c'est à se demander s'ils dorment au travail !

– Si ça continue, renchérit l'autre, on sera forcés de travailler dans les ténèbres !

– On va leur tirer la barbe !

Ils s'éloignèrent. Les deux camarades repartirent. Devant eux s'ouvrait un souterrain plus étroit, avec la plaque numéro « 2 » recherchée. Sous l'effet d'un coup de vent frais, leurs cheveux ondulèrent.

– Cette fois nous y sommes ! dit Antoine obligé de hausser la voix à cause des bruits croissants de respiration et de battements. Si je ne me suis pas trompé, c'est la date que nous recherchons !

– Tu ne t'es pas trompé ! approuva Gwenn. C'est sûrement la ventilation qu'on entend !

Leurs cheveux flottaient. Un tintamarre de battements, amplifié par l'exiguïté du tunnel, provenait, par-dessus celui plus lent de respiration, de l'extrémité où l'éclairage paraissait plus vif. Les garçons trottèrent presque joyeusement.

– Stop ! exigea Antoine.

Il revint sur ses pas coller un morceau de scotch sur le mur. Ce petit moment de repli le fit réfléchir.

– Nous marchons trop vite, reprocha-t-il en retrouvant Antoine. Soyons plus prudents !

Ils dépassèrent de vastes caves sombres, où des vêtements (tuniques et pantalons) en grande quantité pendaient à des cintres accrochés au plafond. La pierre des parois était creusée de niches avec des échelles pour accéder aux plus élevées.

– Ce sont des vestiaires ! murmura Gwenn. Ce sont les tuniques des barbus ! Leurs souliers sont dans les niches !

– Il y a des tuniques de toutes les couleurs ! observa Antoine. Je comprends pourquoi les deux Trolls que nous venons de croiser étaient en salopette ! Ils se changent pour travailler !

– Attention ! chuchota Gwenn.

Ils se réfugièrent dans un coin obscur. Trois barbus en salopette passèrent. Deux entrèrent dans le vestiaire suivant, le troisième dans celui d'en face. Les garçons se taisaient, ne respiraient plus. Les barbus parlaient, on les entendait à travers les cloisons de pierre.

– Tout de même ! pestait le premier. Ils pourraient donner de la lumière dans les vestiaires !

– On n'y voit goutte ! pestait le deuxième. Heureusement qu'on connaît nos cintres, sinon on enfilerait les tuniques des autres !

– Et les godasses ! ajouta le premier. Il y en a au moins vingt paires par niche ! Qu'est-ce qui se passerait si on oubliait où on les a mises ? Un peu d'éclairage ne ferait pas de mal !

– D'autant, renchérit le deuxième, que les vestiaires profitent à tout le monde ! Je comprendrais qu'ils ne se fatiguent pas s'ils n'en jouissaient pas, mais ce n'est pas le cas !

– C'est vrai ! cria le troisième depuis le vestiaire d'en face. Ils ont besoin de lumière autant que nous !

– Ce sont des paresseux! dit le premier.

Lui et son camarade sortirent du vestiaire. Ils avaient troqué leurs salopettes contre les tuniques. Au passage, ils hélèrent le troisième qui leur emboîta le pas.

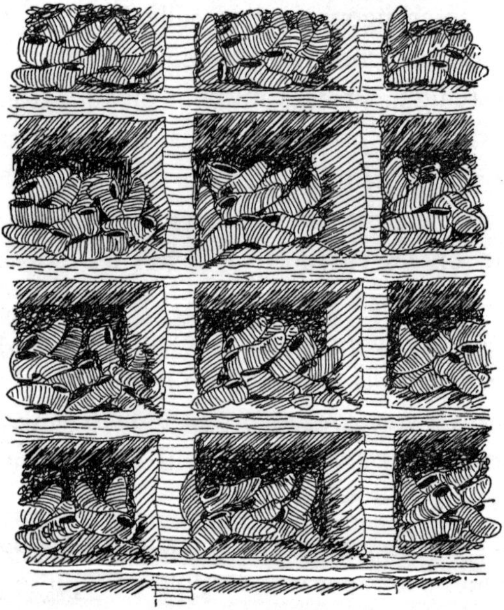

– Ça ne fera pas de mal de prendre l'air! lança-t-il.

Ils s'éloignèrent vers les escaliers des quatre chapelles. Antoine et Gwenn se hasardèrent hors de leur cachette...

– Si ça se trouve, dit Gwenn pensif, la tunique de notre bonhomme jaune est suspendue là! Elle n'a plus de ceinture...

– Il y en a des centaines! objecta Antoine qui devinait où son camarade voulait en venir. Et une bonne douzaine de vestiaires! Alors laisse tomber!

Ils reprirent leur progression en direction de la lumière au bout du souterrain. Le vent forcissait contre eux. Ils poussèrent une exclamation de surprise couverte par le tintamarre: devant eux s'ouvrait une vaste salle où l'on avait bâti une gigantesque machine en bois, avec des échafaudages, des échelles, des passerelles, le tout aussi large et haut qu'une église.

Sur les planches allaient et venaient des Trolls en salopette jaune. Ils trottaient dans des cages tournantes ou pédalaient sur des bicyclettes aux roues remplacées par des aubes de moulins à eau. C'étaient ces mécaniques de bois qui produisaient les bruits de battements. L'air, poussé par les pales, s'engouffrait dans de volumineuses poches de caoutchouc comme des soufflets géants que des ouvriers escaladaient. Abaissées soudain sous leur poids, elles expulsaient de profondes bouffées vers les différents souterrains.

Antoine toucha le bras de Gwenn et tous deux opérèrent une retraite prudente. Ils se réfugièrent dans un vestiaire proche, car les deux barbus qu'ils avaient croisés revenaient:

– Tu as vu le savon que je leur ai passé! Ah-ah!

– La tête qu'ils faisaient!

– Quels flemmards! Tu as vu! Il y en avait même qui dormaient!

– Incroyable ! On ferait bien de secouer pareillement ceux qui s'occupent de l'eau et de la bouffe !

– Non mais !

Les barbus s'éloignèrent vers l'impressionnante machine à ventiler. Gwenn se mit à rire, tout bas.

– Qu'est-ce qui te fait rire ? dit Antoine.

– Hi-hi-hi ! Les godasses !

– Quoi ?

Gwenn riait de plus en plus belle :

– Les godasses dans les niches ! Hi-hi-hi ! Je pense à la tête qu'ils feraient si on mélangeait les godasses ! Hi-hi-hi !

Et sans plus attendre, il attrapa les souliers par poignées et les jeta d'une niche dans l'autre au petit bonheur. Antoine lui vint en aide. Les souliers volaient en tous sens. Les deux garnements ne tardèrent pas à changer de vestiaire afin de continuer leurs dévastations. De temps en temps, ils s'interrompaient, aux aguets, mais hilares. Puis ils reprenaient la besogne. Bientôt, les vestiaires chamboulés, ils se retrouvèrent dans le souterrain, prirent la fuite. Ils jubilaient en courant :

– Caramba ! s'écria Gwenn. On a bien rigolé !

– Ri, corrigea Antoine.

Il récupéra son morceau de scotch à l'entrée du souterrain. Gwenn s'était calmé, il réfléchissait :

– Si j'ai bien compris, dit-il, le réseau de souterrains correspond aux années de l'histoire ?

L'organisation ressemble à celle des égouts d'une ville, avec un tunnel par rue.

– Mais nous ne sommes pas aux enfers! dit Antoine. C'est seulement l'entrée du royaume des morts. Attends... Ça porte un nom. Ça s'appelle une antichambre! Les enfers sont sans doute plus loin et plus bas...

Ils repartirent dans le souterrain. Gwenn retint son camarade:

– Tu as entendu ceux qui parlaient de bijoux?

– Oui. Ils les volent sans doute aux humains... Oh! (Antoine venait de réaliser à son tour:) Voilà ce

qui attirait le barbu dans notre classe! Il avait repéré un bijou! S'il s'agit d'une bague de Manuela, il s'est fait avoir! C'est sûrement du toc!

– Hé! fit Gwenn, épanoui soudain. Si on visitait leur trésor? Ils ont dit la date où le chercher! Même que c'est la seule que j'ai retenue ! Rappelle-toi ! « La date que vous savez qui change tout le temps » !

– Ce n'est pas une date ! C'est une devinette !

– Justement ! La date qui change tout le temps ! C'est celle du présent ! Celle de notre année actuelle !

Il filait déjà. Antoine le retint :

– Et comment que tu la trouves, cette date ?

– C'est facile ! On revient dans l'allée principale et on cherche « 20 » pour les centaines ! Après, on bifurque. S'il y a quelque chose à voler, on s'en servira de monnaie d'échange afin de retrouver notre taille !

XIV

La dame aux pigeons était arrivée à l'école Marcel-Aymé vers quatorze heures trente, son cabas et son parapluie au bras. Elle avait sonné. La gardienne avait ouvert la porte. La cour de l'école était déserte, les enfants au travail dans les classes.

– Il faut que je voie le directeur, avait expliqué la vieille dame.

Une dame de service l'avait guidée vers le préau, l'obligeant tout de même à se séparer de ses oiseaux dans la cour. Ils s'étaient envolés sur le marronnier le plus proche, mais ils roucoulaient que c'était injuste, que l'école était réservée à des privilégiés, et qu'ils regrettaient qu'on ne leur apprît pas la grammaire, la géographie et tout le bataclan comme aux rejetons des humains. La vieille dame avait entrepris l'ascension de l'escalier derrière son accompagnatrice.

– Je connais tous les enfants, disait-elle. Mais c'est la première fois que j'entre dans l'école. (Elle respirait fort.) On voit bien que les écoles, hhh, sont faites pour les jeunes, hhh, car il n'y a pas, hhh, d'ascenseur!

Elle s'accorda une pause pour souffler au premier étage, là où se trouvait le bureau du directeur, M. Mercier. Un enfant qui descendait du deuxième étage la salua:

– Oh bonjour madame ! Le directeur est dans la classe de M. Lebois !

– Je m'en doutais, fit la vieille dame.

– C'est la classe des enfantastiques, crut utile de commenter la dame de service avec un geste d'excuse. Il va falloir monter à l'étage au-dessus parce que, s'il est allé dans leur classe, ça risque de durer ! Ils nous en font voir de toutes les couleurs !

– Ils ont des pouvoirs extraordinaires ! approuva la vieille dame.

– Ça, c'est vrai ! bougonna la dame de service. Pas plus tard qu'hier, Amélie a transformé le goudron de la cour en patinoire géante. Oui ! En plein mois de mai ! Personne ne s'y attendait, tout le monde se cassait la figure !

La vieille dame secouait la tête avec enthousiasme :

– Quelle chance vous avez de voir ces enfants-là tous les jours ! Vous n'avez pas le temps de vous ennuyer !

– On voit bien, grimaça la dame de service, que ce n'est pas vous qui avez culbuté ! J'en ai encore les fesses toutes bleues !

La vieille dame éclata de rire. Ensemble, elles entamèrent l'ascension de l'escalier vers le deuxième étage. La vieille dame haletait en arrivant là-haut :

– Si ça se trouve, hhh, un enfantastique aurait pu, hhh, nous faire monter l'escalier, hhh, sans toucher les marches, hhh !

– C’est possible ! ronchonna son accompagnatrice. Et même nous expédier directement sur le toit !

Elle frappa à la porte d’une classe et entra. M. Mercier, le directeur, s’y trouvait. Les élèves surpris par l’irruption de la vieille dame sur leur territoire se levèrent pour la saluer.

– Oh ! La dame aux pigeons ! s’écriaient-ils.

– Bonjour madame ! Bonjour madame !

La vieille dame était à bout de souffle. M. Lebois lui apporta sa chaise tandis que le directeur l’accueillait :

– Madame Dumont ! Bonjour madame…

– Asseyez-vous, dit le maître.

– Merci…

La vieille dame jeta un coup d’œil à droite vers les deux larges fenêtres grandes ouvertes. Les pigeons, qui l’avaient repérée, se posèrent sagement côte à côte sur l’appui extérieur. Ils roucoulaient. La vieille dame approuva, avec conviction :

– Ils savaient que je venais ici ! Ils savent des choses que vous ne soupçonnez pas…

Les enfants s’étaient rassis. La dame de service repartit.

– Vous vouliez me parler, madame Dumont ? demanda le directeur.

– Oui, répondit la vieille dame. Vous savez qu’Alice a traversé le miroir du glacier de la Contrescarpe ? Les enfantastiques sont formidables !

– Formidiaboliques, plutôt ! marmonna le directeur. Ils nous couvrent tellement de ridicule que ni la police, ni les pompiers, ni même l'administration scolaire ne nous prennent au sérieux !

– Vraiment ?

– C'est comme je vous le dis ! s'emporta le directeur. J'ai téléphoné au commissariat : on m'a déclaré que, si c'était un coup des enfantastiques, ça s'arrangerait tout seul ! J'ai téléphoné aux pompiers : on m'a ri au nez ! J'ai téléphoné à l'inspection, et la secrétaire de monsieur l'inspecteur m'a dit que les enfantastiques, ça n'existait pas, qu'ils n'étaient recensés nulle part et qu'on n'avait qu'à se débrouiller ! Et comme j'insistais, l'inspecteur est venu me répondre, je cite : « Les enfantastiques ne m'amusent pas plus que des enfanfarons ! »

– Pourtant, dit la vieille dame aimablement, j'en vois tous les soirs marcher sur les murs ou voler autour des immeubles comme des deltaplanes ! Moi je les trouve du tonnerre !

Les enfants riaient, prêts à applaudir. Ils se tinrent tranquilles cependant car le directeur ne plaisantait pas. La vieille dame tira un papier plié de sa poche. C'était une feuille de cahier.

– Avant de traverser le miroir, expliqua-t-elle, Alice était venue me parler avec ses copains. Ils ont filé en vitesse et c'est après leur départ que j'ai découvert ce papier au pied de mon banc. Il a dû tomber d'une poche d'Alice car son prénom est écrit dessus. Voyez, en haut, à gauche.

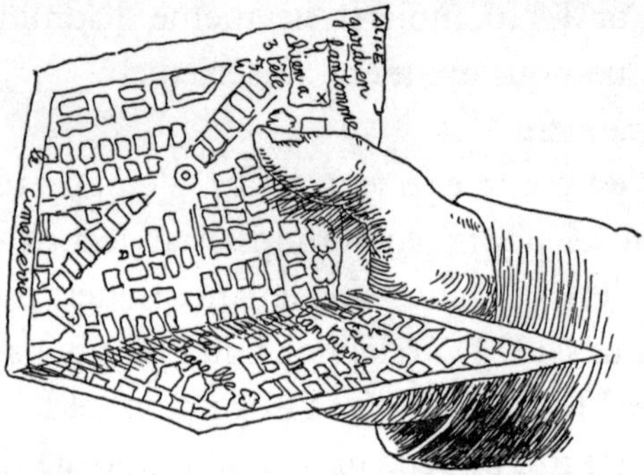

Elle déplia la feuille, la confia au directeur. Les enfants attendaient la suite avec intérêt. Certains adressaient des signes de connivence à la vieille dame assise en face d'eux.

– Mais ? fit le directeur surpris.

Il montra le papier à M. Lebois.

– On dirait un plan, commenta le maître.

– Oui, approuva la vieille dame. C'est écrit en bas, regardez.

Le directeur et le maître considéraient le plan. Le maître pointa le doigt dessus :

– Là ! dit-il. « Plan du cimetierre. » Oh ! Comment elle écrit « cimetière » !

– Et là ! ajouta le directeur. Voyez : elle écrit « lantairne » au lieu de « lanterne », et « les chapelle » sans *s*. Et on appelle ça des enfantastiques !

– Aucun doute ! dit le maître. Elle connaît l'endroit ! Elle y est déjà allée !

– Quand je l'ai questionnée, abonda la vieille dame, elle a reconnu avoir déjà traversé le miroir…

– C'est vrai! intervint Omar à mi-voix pour ses camarades. Même qu'elle nous a dit qu'elle avait eu peur!

Éléonore approuvait de la tête. Le directeur étala le plan sur le bureau du maître. On voyait, dans un grand rectangle, des lignes comme des allées, avec des carrefours, et des petits carrés qui devaient figurer des tombes ou des monuments. Tout en haut, on repérait un carreau plus grand, et des mots presque illisibles.

– Qu'est-ce qu'elle a écrit? demanda le directeur.

Le maître se pencha sur les griffonnements. Il connaissait mieux l'écriture de la fillette.

– Hum… fit-il. Je lis «gardien fantomme» avec deux *m* et… Attendez… «Chien à 3 tête» sans *s*. Un chien à trois têtes?

– Il y a un dessin au verso, fit remarquer la vieille dame.

Le directeur retourna la feuille. Un chien était grossièrement dessiné. Il avait trois têtes. Le maître et le directeur pâlirent:

– Cerbère! s'écria le maître. Est-ce possible?

– Voilà pourquoi ses poches étaient pleines de sucres! murmura la vieille dame.

– Quoi?! s'alarma le directeur. Que dites-vous?

– Elle avait des sucres plein les poches, confirma la vieille dame. Je suppose que c'était pour le chien…

– Mais pourquoi ?!

– Elle a écrit quelques mots sous le dessin, dit la vieille dame. Des mots qu'elle a barrés, d'ailleurs…

Le maître approcha le papier de ses yeux :

– On voit mal… dit-il. Je crois qu'il y a « miroire » avec un *e* (il leva les yeux au plafond), et dessous « librairi » sans *e*, « librairi de la rue mouffetard » sans *M* majuscule. Qu'est-ce que ça peut vouloir dire ?

Un pigeon roucoula, sur l'appui de la fenêtre :

– Rrrrou ! Je peux vous renseigner, moi ! C'est par là qu'elle est ressortie la première fois qu'elle a traversé le miroir !

– Mais ? fit le directeur en prenant tour à tour le maître et la vieille dame à témoin. N'est-elle pas entrée place de la Contrescarpe ?

– Si, dit la vieille dame. Mais elle ne peut pas ressortir par le même miroir parce qu'il est à l'envers pour elle à présent. Elle doit en découvrir un à l'endroit. Je pense qu'il y en a un chez le gardien, et que c'est pour amadouer son chien qu'elle a emporté les sucres…

– Mais, s'affola le directeur, c'est incroyable !!

– Et ? soupçonna le maître. Elle déboucherait donc rue Mouffetard ?

– Il faut que j'alerte les autorités ! s'écria le directeur. Elle risque d'avoir besoin d'aide !

Il se dirigea vers la porte de la classe. Au même moment, la sonnerie de récréation retentit. Le directeur pila, se retourna :

– Faites descendre les enfants, dit-il. Moi je rappelle la police, les pompiers, l'administration ! Il faudra qu'ils m'écoutent, cette fois !

– Levez-vous, dit le maître aux élèves. Et n'oubliez rien en classe ! conseilla-t-il avec un petit air malicieux.

Les élèves sourirent, complices. Le directeur aidait la vieille dame :

– Je vais vous raccompagner...

Il la soutint par le bras. Les pigeons décollèrent ensemble, s'envolèrent au-dessus de la cour. Les enfants s'alignèrent par deux. Par habitude, le maître vérifia la présence de Françoise. Il interpella Adélaïde :

– Pourrais-tu rester ? Pour appeler tes camarades ?

– Je n'arrive pas à joindre les garçons, déplora la fillette. Mais j'essaierai encore et, de toute façon, je rappellerai Alice...

Le maître rejoignit la tête des rangs.

– Avancez.

– Monsieur... commença Sophie-la-curieuse. Si Antoine et Gwenn retrouvent leur taille...

– ... ils ne pourront pas revenir en classe à travers des miroirs de poche, compléta Rosine sa voisine.

– Ils auront besoin de grands miroirs, estima Éléonore...

– Avancez, dit le maître.

Mais les filles n'avaient peut-être pas tort. Si Antoine et Gwenn retrouvaient leur taille, les miroirs de poche seraient inadaptés. Et… plus grave, sans doute… les deux garnements auraient-ils toujours le pouvoir de traverser les miroirs ?

XV

Alice partageait les fleurs. Elle s'était approprié un somptueux bouquet d'œillets sur une pierre tombale. Des voix murmurèrent dans le cimetière, des voix faibles, imprécises.

– Qui est-ce qui parle ? fit la gamine surprise en fronçant le sourcil.

Elle entreprit de répartir équitablement les œillets, à raison d'une fleur par tombe qui n'en avait pas. Les voix murmurèrent de nouveau. Une rumeur. La fillette s'immobilisa, le chat sur ses talons.

– Qu'est-ce qu'on entend ? dit-elle.

– Ça, miaula le chat, ce sont les défunts qui n'avaient pas de fleurs qui te remercient.

– Cause toujourrrs ! grogna une voix déplaisante en réponse.

La voix venait de sous terre.

– Il y en a un qui s'exprime plus clairement que les autres ! observa Alice, pince-sans-rire.

– Cause toujourrrs ! répéta la voix, sépulcrale. (Et elle ajouta :) Voleuse de fleurrrs !

– Heu, miaula le chat, celui-là, c'est celui à qui tu as « emprunté » le bouquet d'œillets pour le partager…

Alice haussa les épaules :

– C'est un égoïste !

Elle continua la distribution. Les défunts approuvaient, mais pas le propriétaire du bouquet. Alice vint se poster au pied de sa tombe :

– Arrête tes caprices ! dit-elle. Ce n'est pas charitable de râler comme ça pour des fleurs ! Pense aux copains !

La voix gronda une obscénité. Alice porta une main à sa poche :

– Tiens, dit-elle. Je te fais cadeau de mon image de vedette de cinéma en échange des fleurs. Ça te convient ?

Elle avait tiré de sa poche une très belle photo glacée de sa vedette préférée. Elle la déposa sur la pierre tombale...

– Ça me vaaaaa... aaa... aa... répliqua la voix d'outre-tombe avec des petits échos impressionnants. Pose-la dans l'herbe que je la voie de plus prèèèèès... èèè... èè...

– Où ça ? demanda Alice.

– Dans l'heeeeeerbe ! exigea la voix avec agacement.

Alice reprit la photographie et la déposa devant la tombe. Elle recula vivement d'un pas en voyant sortir de terre une espèce de racine blanche. Elle réalisa que c'était un doigt osseux, suivi de quatre autres. En fait, une main squelettique s'extirpait de terre comme une taupe blanchâtre afin de s'emparer de la photographie. Elle rentra sous terre avec. La voix du défunt se fit entendre :

– Pas maaaaaal, la photo ! De mon temps, les actrices étaient mieux en chair et plus habillées, mais celle-là n'est pas mal du tout !

– Je suis bien contente qu'elle vous plaise, apprécia Alice. Je peux continuer la distribution ?

Elle reprit son œuvre charitable, le chat dans les jambes. Des défunts lui disaient merci. Soudain, elle fit halte : d'autres voix se mêlaient au murmure, des voix naturelles ! La fillette s'accroupit derrière une tombe aussitôt.

– Il faut toujours que cet idiot se fasse remarquer ! ronchonnait la première voix.

– C'est vrai ! approuvait l'autre. Alors ! Tu viens oui ou non ! cria-t-elle ensuite.

Une troisième voix répondit. Elle venait de plus loin, sur la gauche d'Alice, alors que les deux premières provenaient de sa droite :

– Minute !

Alice rampa autour de la pierre tombale et, risquant un œil, découvrit à droite, à une vingtaine de pas, un

Troll rouge et un vert. À gauche, tout seul, également à une vingtaine de mètres, il y avait un Troll tout jaune, barbu, chevelu... sans ceinture ! Celui d'Antoine et Gwenn ! Il était tout seul, debout au bord d'une fosse vide et il lui tournait le dos ! Que faisait-il ? Oh ! Alice pouffa de rire en silence. Il faisait pipi dans la fosse !

– Caramba ! jubila tout bas la gamine. Caramba !

Elle n'hésita pas une seconde. Courbée, elle fonça en zigzag entre les tombes, sauta par-dessus une pelle qui traînait dans l'herbe et vint percuter le Troll par-derrière ! Avant qu'il se soit retourné, elle l'avait projeté dans la fosse ! Elle plongea tout de suite à l'abri de la pierre tombale la plus proche et ne bougea plus. Le cœur battant, elle respirait fort. Le barbu jaune braillait au fond de la fosse profonde, incapable d'en ressortir. Alice, aplatie au sol, entendit les voix de ses deux compagnons à une quarantaine de mètres maintenant :

– Alors ! Tu arrives, Boubou ? s'impatientait le premier.

– Ma parole ! ironisait l'autre. Il urine comme une fontaine ! Il va transformer la fosse en piscine !

– À moi ! À moi ! appelait le nommé Boubou.

Les deux autres ne bougeaient pas.

– Qu'est-ce qu'il a encore fait, cet imbécile ? gronda le premier. (Et il ajouta :) Figure-toi qu'il s'est aventuré ce matin dans une classe d'enfants de la rue Marcel-Aymé !

– Oh ! Le crétin ! Qu'est-ce qu'il avait vu ? Des bijoux ? Dans une classe ?

– De la pacotille ! Il s'est fait avoir ! Il se fourre toujours dans toutes sortes de guêpiers ! reprit le premier.

– À moi ! À moi ! appelait toujours Boubou.

– Il ne s'est pas vanté de son aventure auprès des chefs ! dit encore le premier Troll. Il a eu trop peur de se faire épiler le menton !

– Ça lui apprendrait pourtant à se discipliner ! insista le deuxième.

– Tu ne sais pas le plus beau ! ricana le premier. Ce taré a perdu sa ceinture et marché dans de la gouache ! Il a une godasse à moitié blanche !

– Quel crétin ! s'égaya le deuxième.

– À moi ! À moi ! appelait Boubou. À l'aide !

– Débrouille-toi ! répliqua de loin le premier Troll.

– Et tâche de rentrer avant minuit ! ajouta le deuxième. Sinon tu ne connaîtras pas le nouveau mot de passe et tu resteras dehors définitivement !

– À moi ! À moi, les amis ! appelait Boubou, du fond de sa fosse.

Les deux Trolls haussèrent les épaules et se mirent en marche vers les chapelles en se désintéressant de son sort. Alice rampa discrètement pour les suivre...

– Je ne sais pas qui va proposer le mot de passe de demain, disait le premier. Celui d'aujourd'hui, c'est nous autres, les rouges, qui l'avons fourni.

– Il était parfait ! approuva le vert. « J'adore récolter des ignames nourrissantes » ! Excellent mot de passe ! « Jardin » !

– C'est bien notre avis ! dit le rouge. Jardin !

– Je crois que ce sont les bleus qui doivent préparer celui pour demain.

– J'espère qu'ils se creuseront les méninges ! grogna le rouge. Les bleus ne sont pas très futés...

– Ni les jaunes ! approuva le vert. Les plus intelligents, ce sont les rouges et les verts.

Comme ils étaient d'accord, ils se frappèrent dans la main. Puis ils s'éloignèrent, contents l'un de l'autre. Alice vérifia qu'ils s'enfonçaient dans leurs chapelles respectives, et revint pensivement près de la fosse où le jaune appelait à l'aide. Le chat se frottait à ses jambes. Elle le caressa. Elle se mit à plat ventre dans l'herbe et appela le Troll prisonnier sans se montrer :

– Hé ! Le barbu jaune ! Boubou !

Stupéfait, il cessa de crier.

– Qui... Qui est là ? interrogea-t-il avec inquiétude.

– T'occupe ! riposta Alice.

Le jaune sautait au fond de la fosse, s'épuisait vainement à attraper le rebord de terre. Il était trop petit. Il bougonna :

– Si j'aurais su, j'aurais pas pissé dans cette fosse de malheur !

– Je peux t'en faire sortir, offrit Alice.

– Oui ! Fais-moi sortir, pétasse !

– Je le ferai, continua Alice, si tu rends leur taille à mes camarades.

– Quels camarades ?

– Ceux que tu as miniaturisés ! dit Alice. Je te fais sortir à la condition que tu leur rendes leur taille.

– D'accord ! Montre-toi, pétasse ! Je déteste parler à des gens que je ne vois pas !

Le chat posa une patte sur l'avant-bras d'Alice :

– Non, non… miaula-t-il doucement.

Il ne fallait pas se montrer. Alice le rassura d'une caresse : elle n'en avait pas l'intention. Elle reprit, tandis qu'un feu follet folâtrait au-dessus d'elle, s'éteignait :

– Pas besoin de se voir ! Si tu rends leur taille à mes camarades, je te libère ! Si tu ne le peux pas, je te laisse dans ton trou !

Le jaune riposta par un kilo de gros mots.

– Tu devrais te laver les dents, suggéra Alice. Avec les ordures que tu dégoises, elles ne doivent pas sentir la rose !

Une nouvelle cargaison d'ordures monta de la fosse.

– Bon, décréta Alice, j'ai autre chose à faire. Je te quitte.

– Attends !

– Fais grandir mes camarades ou reste dans ton trou !

– Il faut que je les voie !

– D'accord. Je te les amènerai bientôt.

– Non ! Attends ! cria le jaune. Ne me laisse pas tout seul là-dedans !

– Tu risques d'y passer la nuit, fit remarquer Alice. Tu ne connaîtras pas le mot de passe de demain.

– Attends ! Attends ! Je peux leur rendre leur taille à distance, mais qui me garantit que tu me feras sortir d'ici ?

– Moi, dit Alice. Juré !

Elle cracha devant elle. Le jaune protesta :

– Elle me crache dessus, cette pétasse !

Le chat se frottait au bras d'Alice. Elle chuchota :

– A-t-il vraiment le pouvoir de rendre leur taille à Gwenn et Antoine à distance ?

Le chat hésitait à répondre. Il se décida :

– Oui, miaula-t-il tout bas. À condition de posséder un objet qui leur appartient ou qu'ils ont touché…

– Mais je n'en ai pas ! chuchota Alice. (Soudain, elle se toucha le front :) Mais si ! Suis-je bête !

Elle se releva en arrière de manière à rester invisible de la fosse, et courut vers l'allée. Celle-ci scintillait au soleil.

– Oui ! triompha Alice.

Elle extirpa difficilement un mouchoir de sa poche, et se mit à ramasser de grosses perles de verre grâce auxquelles les garçons étaient venus à bout du Moine Vert. Toujours sans se montrer, elle revint au bord de la fosse où le Troll criait, aux abois :

– Où es-tu ? À moi ! Ne m'abandonne pas !

– Je suis là, annonça Alice. Attrape !

Elle allongea la main au-dessus de la fosse et ouvrit son mouchoir pour libérer les perles.

– Encore de la pacotille ! grommela le Troll. Elle m'envoie sa verroterie, cette pétasse !

– Mes copains ont touché ces perles. Vérifie !

Alice attendit, à genoux dans l'herbe, le chat à côté d'elle. Le Troll, silencieux, devait examiner les perles. La fillette reprit :

– Alors ? Ils les ont touchées, oui ou non ?

– Ouais ! Ouais ! grogna le Troll.

– Dans ce cas, tiens ta promesse et je tiendrai la mienne.

– D'accord !

Le Troll resta un moment silencieux. Il devait réfléchir. Subitement, il cria d'une petite voix de fausset :

– J'adore récolter des ignames nourrissantes ! (C'était le mot de passe du jour, auquel il ajouta :) J'annule !

Il y eut un éclair vif au fond de la fosse, puis plus rien.

Le jaune appela :

– C'est fait ! Tes copains ont retrouvé leur taille. Où qu'ils sont ?

– T'occupe ! riposta Alice. Est-ce qu'ils sont vraiment redevenus normaux ?

– Si je te le dis, pétasse, tu peux me croire ! Maintenant, tu peux me faire sortir !

– Méfie-toi de son regard ! miaula le chat d'un ton craintif.

Alice savait bien que ses yeux ne devaient pas croiser ceux du Troll. Alors, sans se montrer, elle empoigna la pelle qui traînait dans l'herbe au bord de la fosse et la jeta dedans.

– Attrape !

– Aïe !

Le Troll se mit à jurer un sac de gros mots. Il invectivait la gamine :

– Pétasse ! Péronnelle ! Elle me flanque la pelle sur le crâne, saleté de saloperie !

– Tais-toi, creuse, rétorqua Alice.

Du coup, l'autre se tut. Il revendiqua :

– Et comment que je vais sortir du trou, pétasse ?

– Creuse.

– Bourrique ! Je n'ai pas l'intention de m'enfoncer en terre jusqu'en Chine !

– Tais-toi, creuse, répéta la fillette. Sers-toi de ta cervelle.

– Fais-moi sortir ! Pétasse ! Tiens ta parole !

Les morts du cimetière murmuraient. Un feu follet passa. Alice ricana :

– Creuse, patate ! dit-elle. Creuse à un bout de la fosse, jette la terre à l'autre, et grimpe sur le tas pour remonter !

Les morts éclatèrent de rire, certains applaudirent discrètement. Le Troll resta coi. Alice s'en alla à quatre pattes, elle l'entendit commencer à creuser. Elle se releva et se mit en marche vers l'allée. Le chat la rattrapa. Elle le prit dans ses bras et le caressa en se déplaçant.

– Maintenant, où allons-nous ? miaula-t-il.

Derrière eux, le Troll creusait en ahanant. Il ne sortirait pas de sitôt, Alice était tranquille…

– Minou, annonça-t-elle, nous allons attendre mes copains. S'ils ont retrouvé leur taille, ils risquent d'avoir besoin de moi…

– Comment quitterez-vous le cimetière ? ronronna le chat noir. Par la maisonnette du gardien ? Comment passeras-tu ? Tu as pensé au chien ?

Ils étaient de retour près de la lanterne des morts. La fillette frissonna. Elle s'assit sur une marche, le chat sur ses genoux. Elle fronçait les sourcils. Le chien ! Oui, elle y avait pensé...

– T'occupe... murmura-t-elle.

Et elle écarta les doigts pour téléphoner à Adélaïde.

XVI

Les garçons s'étaient arrêtés. Devant eux, le souterrain débouchait sur un large carrefour auquel aboutissaient une demi-douzaine de tunnels plus étroits.

– Attention ! chuchota Gwenn.

Une fois de plus, deux Trolls venaient, cette fois l'un en direction de l'autre. Les garçons se réfugièrent dans l'ombre d'un pilier de pierre. Les Trolls se croisèrent, tous deux vêtus de noir, noirs de peau et de chevelure.

– J'adore récolter des ignames nourrissantes ! lança le premier en guise de salutation.

– Jardin ! répondit l'autre.

Ils se dépassèrent, chacun poursuivant son chemin.

– Tu as vu ? chuchota Gwenn. Ils étaient tout noirs. Ce sont peut-être les gardiens du trésor ?

– On ferait mieux de filer ! estima Antoine.

Pourtant il était intrigué. Il s'exprima à voix basse :

– As-tu entendu ce qu'ils disaient ? Ça ressemblait à un mot de passe…

– Attention !

Deux autres Trolls noirs approchaient ensemble. Les garçons attendirent dans l'ombre.

– Dommage, regrettait l'un, qu'on renonce à ce mot de passe à la nouvelle lune. Il était parfait...

– Ouais! approuvait l'autre. C'étaient les rouges qui l'avaient imaginé. Les rouges ne sont pas stupides.

– Alors que le prochain sera composé par les bleus! renifla le premier sur un ton de mépris. Quelle ânerie vont-ils pondre?

– Ils sont capables du pire! déplora l'autre. Mais les plus crétins sont encore les jaunes!

– Oui! Je me rappelle leur dernier mot de passe! «Sortez avec les uniformes troués»! Ah-ah! Les uniformes troués! Tout ça pour dire «Salut»! Ah-ah-ah! Quels concombres!

Les deux Trolls s'éloignèrent en riant. Antoine pinça l'avant-bras de Gwenn:

– J'ai compris!

– Quoi?

– «Sortez avec les uniformes troués»! Il a dit que ça faisait «Salut».

– Et alors?

– Tu retiens la première lettre de chaque mot: «Sortez avec les uniformes troués»! S-A-L-U-T!

– Caramba!

– Et le mot de passe actuel est «J'adore récolter des ignames nourrissantes»!

– Jardin! Voilà pourquoi ils se répondaient «Jardin» l'un l'autre! Mais à quoi cela peut-il servir?

– À passer, ricana Antoine. À quoi veux-tu que serve un mot de passe?

Les deux camarades risquèrent un œil dans le souterrain derrière eux. Il était désert. Gwenn ricana tout bas :

– Je crois qu'on a bien fait de mélanger leurs godasses ! Ça fera une belle pagaille quand ils se chausseront ! J'aimerais voir ça !

– Moi pas ! répliqua Antoine.

Ils rasèrent la muraille dans la direction du carrefour. À peine avaient-ils dépassé le pilier de pierre qu'une petite voix retentit :

– Quel-est-le-mot-de-passe ? disait-elle.

Les garçons s'immobilisèrent en sursaut. Ils tremblaient comme deux flotteurs de pêche quand le poisson titille l'hameçon. La voix reprit, un peu mécanique et monocorde, en détachant les mots :

– Si-c'est-toi-qui-reviens-quel-est-le-mot-de-passe ?

– Qui... Qui parle ? balbutia Antoine à voix basse.

– Donne-moi-le-mot-de-passe, insista la voix.

La curiosité était vive. Gwenn risqua un œil derrière le pilier qui les abritait. Ce qu'il vit lui fit arrondir la bouche en goulot de bouteille :

– Oh !

Un instrument de musique en or était posé sur un cube de pierre haut et large comme une table. Ça ressemblait à une flûte, mais avec deux anches en guise de bec. C'était une bombarde. Elle resplendissait, scintillait chaque fois qu'elle parlait. L'instrument de musique merveilleux déclara de sa voix mécanique :

– Bonjour-donne-moi-le-mot-de-passe-ou-je-chante.

Gwenn hésita. Antoine le tira par la manche :

– Si elle chante, nous sommes pris !

– Attends !

Gwenn fit un pas vers la bombarde :

– J'adore récolter des ignames nourrissantes ! lança-t-il.

La voix s'apaisa, ronronna :

– Jardin.

Les garçons soupirèrent. Mais la voix reprit :

– Bonjour-maître-que-demandes-tu ?

La voix de la bombarde était mélodieuse mais dangereuse, capable de déclencher l'alerte et d'attirer les Trolls. À tout hasard, Gwenn répéta :

– J'adore récolter des ignames nourrissantes.

– Que-demandes-tu ? murmura la voix.

– Heu…

Il fallait demander quelque chose, ne fût-ce que pour apaiser l'instrument. Antoine, rempli d'appréhension, observait le souterrain qui paraissait calme derrière eux.

– Heu… Qui es-tu ? demanda Gwenn à l'instrument pour dire quelque chose.

– Je-suis-la-bombarde-d'or, répondit la voix, et l'objet merveilleux scintillait à chaque parole. Je-peux-exaucer-les-souhaits…

– Bravo ! approuva Gwenn. (Et il ajouta :) Quelle heure est-il ?

– Je-ne-la-connais-pas-maître-que-demandes-tu ?

Gwenn grommela. Cette bombarde d'or était aussi bête qu'un ordinateur.

– Peut-être, réfléchit Antoine, ne peut-elle procurer que des choses matérielles ? (Et il répéta le mot de passe à son tour :) J'adore récolter des ignames nourrissantes.

– Jardin, rétorqua la bombarde.

– J'aimerais avoir une montre en or ! réclama Antoine.

Il poussa une exclamation d'effroi en se sentant saisi au poignet gauche ! Une belle montre en or s'y enroulait toute seule. Il la contempla :

– Caramba de mille pétards !

La montre fonctionnait : il était quinze heures vingt-sept.

– Que-demandes-tu-maître ? reprit la bombarde inlassable.

– Rien ! répliqua Antoine en cherchant à entraîner Gwenn. Viens ! Filons !

– Non ! Donne-moi dix pièces d'or ! demanda Gwenn.

Il tressaillit au contact des pièces dans ses mains.

– Filons ! Viens ! répéta Antoine.

– Bonjour-maître-que-demandes-tu ? répéta la bombarde.

Gwenn fourra les pièces dans ses poches. Il s'interrogeait.

La bombarde était enchantée. Mais s'ils y touchaient, elle risquait de chanter à tue-tête, d'alerter toutes les meutes de Trolls, et cela ferait beaucoup de monde. Et soudain… il eut une idée!

– J'adore récolter des ignames nourrissantes! déclara-t-il en faisant signe à Antoine qu'il allait se passer quelque chose.

– Jardin! répondit la bombarde. Que-demandes-tu-maître?

– Un grand sac en plastique bien épais!

Malgré lui, Gwenn sursauta au contact du sac dans ses mains!

Mais, la seconde de surprise passée, il bondit sur la bombarde, la jeta au fond du sac et roula celui-ci autour d'elle en une bonne dizaine d'épaisseurs. La bombarde criait cette fois, mais l'emballage de plastique étouffait sa voix et affaiblissait la lumière que le bel instrument devait produire. C'est à peine si l'on entendait un souffle :

– Donne-moi-le-mot-de-passe-ou-je-chante...

– Chante si le cœur t'en dit ! lança Gwenn.

Il s'enfuit le premier à longues enjambées dans le souterrain, la bombarde enveloppée sous le bras. Antoine se jeta à sa poursuite :

– Non ! Gwenn ! protestait-il. Laisse la bombarde !

– Cours donc ! ripostait Gwenn. Avec elle, nous retrouverons notre taille !

– Elle va nous faire repérer !

Derrière les garçons, des voix encore lointaines commençaient à résonner. Antoine se retourna, aperçut des lueurs dansantes : sans doute des porteurs de lanternes convergeaient-ils au carrefour de la bombarde sacrée.

– Bonjour-maître-donne-moi-le-mot-de-passe, répétait l'instrument bâillonné à travers les épaisseurs de plastique.

– Tais-toi, caramba ! répliqua Gwenn en courant.

Et, sans ralentir, il fourra la bombarde sous son polo afin d'étouffer encore un peu le son de sa voix.

– Par ici ! l'appela Antoine en le voyant s'élancer dans une mauvaise direction.

Ils s'engagèrent dans la galerie qui menait aux escaliers. Des voix venaient de leur droite par les souterrains latéraux. C'étaient celles des ouvriers des machines qui devaient regagner les vestiaires. Ils se mirent à crier. Leurs voix hululaient un charivari d'enfer ! Gwenn ricana nerveusement en courant :

– Ils ne retrouvent plus leurs godasses ! Hi-hi-hi !

D'autres voix appelaient, c'étaient celles des gardiens de l'instrument :

– Jardiiin ! Jardiiin ! Jardiiiiiin !

Les appels vrombissaient ! Les enfants comprirent qu'ils étaient adressés directement à la bombarde magique en l'entendant répondre par le mot de passe :

– J'adore-récolter-des-ignames-nourrissantes-j'adore-récolter-des-ignames-nourrissantes !

Elle brillait malgré l'emballage et le polo qui la calfeutraient. Les Trolls vociférèrent, de loin :

– La bombarde d'or ! Au voleur ! On a volé la bombarde !

Ils se bousculaient dans les souterrains. Les lueurs des lanternes faisaient danser leurs ombres sur les murailles. Les garçons atteignirent le pied de l'escalier, s'élancèrent à l'assaut des marches de pierre. Le vacarme grandissait derrière eux, en provenance de toutes les galeries à la fois.

– Vite ! Vite ! s'excitait Antoine.

– Vite ! Vite ! s'excitait Gwenn.

Ils se heurtèrent à la pierre tombale ! Dans les souterrains, en bas, les bruits de course se mêlaient aux appels tonitruants. Les premiers poursuivants n'allaient pas tarder à surgir…

– Attrape les anneaux ! ordonna Gwenn.

Comme il maintenait la bombarde sous son polo d'une main, il ne parvenait pas à manœuvrer la dalle de l'autre.

– Où ? Où ? s'affola Antoine à son aide.

– Les anneaux ! Tire dessus ! Tourne-les !

Antoine les souleva, les tira, les poussa, les tourna au petit bonheur et soudain, avec un déclic, la dalle bascula comme une page de livre. Les garçons se hissèrent dans l'ouverture.

– Vite !

Les hurlements des poursuivants roulaient dans les souterrains. La foule déferlait comme la mer vers les escaliers des chapelles.

– Referme la trappe ! Referme-la ! commanda Gwenn.

Antoine attrapa les anneaux, les tira, les poussa, les tordit à droite et à gauche et parvint à rabattre la trappe ! Les garçons étaient dans la chapelle jaune...

– Vite ! Vite !

Ils s'enfuirent, haletants, surpris de retrouver l'air libre du cimetière.

– À droite ! Vite ! s'orienta Gwenn en bondissant entre les ifs et les cyprès.

– Donne-moi-le-mot-de-passe-ou-je-chante ! répétait la bombarde d'or. Donne-moi...

– Ferme-la ! repartit Gwenn à bout de nerfs.

Ils coururent à la pierre tombale de granite rose au pied de laquelle ils savaient trouver le miroir de poche par où revenir en classe.

– Vite! Vite!

Une voix les hélait :

– Antoine! Gwenn! Ici!

Ils n'écoutaient pas, ils n'écoutaient plus, ils n'entendait plus personne tant ils avaient peur. Alice agitait les bras, auprès de la lanterne :

– Par ici! Venez! Par ici!

– Vite! Vite! haletait Gwenn sans entendre ni voir.

Il sauta le premier sur le petit miroir, et Antoine sauta par-dessus. Résultat : patatras! Ils dégringolèrent dans l'herbe au lieu de traverser le miroir! Derrière eux, des appels assourdis fusaient par les ouvertures des chapelles, indice que leurs poursuivants venaient d'atteindre les escaliers. Les garçons restaient hébétés, désemparés, terrorisés. Ils tremblaient d'effroi, balbutiaient.

– Ca... ca... caramba! s'écria Antoine. Nous-nous...

– Nous-nous ne traversons plus le miroir! compléta Gwenn.

Alice les appelait, elle s'égosillait :

– Par ici! Venez par iciiiiii!

Ils claquaient des dents, s'attendaient à voir déboucher la horde des Trolls. Les premiers, sans doute, jaillissaient des chapelles : les cris décuplèrent, terribles! Tétanisés, les garçons n'avaient plus la ressource de bouger. Alice accourut au-devant d'eux. Elle appelait Adélaïde en courant :

– Alerte ! Alerte ! Alerte !

– Ma... ma... ma... maman ! bredouillait Antoine pétrifié.

– Ma... ma... ma... maman ! bredouillait Gwenn.

XVII

Le maître, M. Lebois, était très inquiet. Le directeur, M. Mercier, frappa à la porte de la classe et entra :

– Alors ? demanda-t-il, fébrile.

– Adélaïde vient de recevoir un appel d'Alice ! répondit M. Lebois. Elle estime avoir réussi à rendre leur taille aux garçons.

– À la bonne heure ! Où sont-ils ?

– Nous ne parvenons pas à les localiser…

Le maître avait fait dégager un large espace de carrelage entre les tables des écoliers. Il désigna le rouleau de miroir plastifié brandi par la grande Manuela :

– Nous déploierons ce miroir au premier signal !

– Mais, objecta le directeur, si les garçons ont retrouvé leur taille, pourront-ils encore franchir un miroir ?

– Espérons qu'Alice leur vienne en aide, murmura M. Lebois.

– Si tel est le cas, raisonna le directeur, ils ressortiront par la maisonnette du gardien et se retrouveront rue Mouffetard…

M. Lebois regarda le rouleau de papier miroir avec un soupir.

– Nous l'avons prévu en dépannage. Une fois déployé, ça fera un rectangle d'un mètre sur trois...

Le directeur baissa la voix :

– Est-ce qu'il ne risque pas d'attirer des Trolls ?

Et comme Kevin maintenait bien droite la boîte où le bonhomme bleu captif se trouvait, il suggéra :

– Ne ferait-on pas mieux de négocier un échange avec lui ?

– Je... commença le maître.

Un cri l'interrompit.

– Alerte ! Alerte ! criait Adélaïde. Ils arrivent ! Étendez le miroir !

Manuela et Rosine s'empressèrent. Elles déroulèrent le papier miroir d'un geste vif et l'étalèrent sur le carrelage à grands coups de paume de main.

– Alerte ! Ils sont poursuivis ! continuait de crier Adélaïde.

Plusieurs enfants s'agenouillèrent autour du miroir pour le maintenir bien à plat.

– Attention ! s'affola Sophie-la-curieuse.

Le miroir tremblait ! Son centre se boursoufla, et soudain deux semelles de baskets, suivies de deux pieds surgirent : ceux d'Alice ! Comme décollés de la surface réfléchissante, ils montaient verticalement à la façon de plantes accélérées ! La classe poussa une exclamation apeurée !

– Attention ! dit le directeur. Ne lâchez pas le miroir !

Les jambes d'Alice suivirent les chevilles jusqu'aux genoux.

– Hi-hi-hi ! ricana nerveusement Omar. Heureusement qu'elle n'est pas en jupe, on verrait sa culotte !

– Taisez-vous ! ordonna le directeur aux rieurs.

Les cuisses puis les hanches d'Alice émergeaient du miroir, tout cela montait comme deux petits arbres parallèles.

– Oh ! Voilà Antoine ! s'écria Rosine. Et Gwenn !

Un pied sortait à droite des jambes d'Alice, un autre apparaissait à gauche.

– Ils sont de chaque côté d'Alice ! fit remarquer Amélie.

Les pieds des garçons s'élevaient hors du miroir à la même vitesse que les jambes d'Alice, un peu en retard sur celles-ci. Les chevilles apparurent, les mollets, les genoux...

– Tenez bien le miroir ! recommanda le directeur car, tendu à se rompre, il se déformait longuement.

Les enfants le maintinrent de leur mieux. Fascinés, ils observaient les membres inférieurs de leurs camarades voyageurs sortir comme des poteaux. Le maître appela :

– Stanislas ! Éléonore ! Amélie ! Enlevez les miroirs de poche de la classe !

Les enfants obéirent, mais ils agissaient en se retournant, incapables de quitter des yeux le prodige de l'irruption verticale de leurs camarades. Le buste d'Alice émergeait en même temps que les hanches d'Antoine et Gwenn de part et d'autre. On ne voyait pas encore de mains, mais on repérait les coudes repliés. Le menton d'Alice apparut.

– Alice ! Alice ! s'exclamèrent les élèves.

– Et voilà leurs mains ! s'écria Boubakar. Ils se donnent la main comme des bébés ! Hi-hi-hi !

– Forcément ! répliqua Manuela avec un haussement d'épaules. C'est Alice qui les fait passer !

Les mains se détachaient du miroir, comme décollées d'une substance molle et fluide, doigts serrés les uns sur les autres.

– Oh ! Des pattes de chat ! s'écria Claire. Ils ont ramené le chat !

On le découvrit juché sur une épaule d'Alice. Tandis que le visage de la fillette se libérait du miroir, les corps des garçons surgissaient. Gwenn avait une main posée sur son polo. Les écoliers crièrent :

– Il a le ventre qui brille !

C'était la bombarde qui brillait, mais ils ne le savaient pas. Alice s'extirpa du miroir. Les corps des garçons suivirent, on put voir leurs bras, leurs épaules, et le miroir vomit subitement les deux dernières têtes. Les trois fugitifs déséquilibrés se retournèrent et retombèrent debout dans la classe !

– Nous sommes poursuivis ! avertit Alice en s'éjectant hors de la surface réfléchissante. Attention !

Quelque chose bosselait déjà le miroir ! Une trogne hirsute en sortit, un Troll avait plongé tête la première à la poursuite des enfants...

– Attrape ça ! cria le maître.

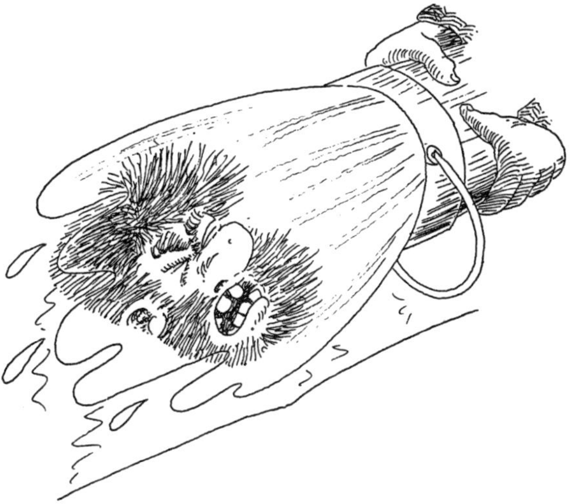

Et fouac ! Il était allé chercher le seau d'eau et venait d'en flanquer le contenu à la face du visiteur indésirable qui hurla de rage et reflua dans le miroir. Son cri s'étouffa aussitôt.

– Repliez le miroir ! Vite ! commanda le directeur.

Manuela et Rosine le soulevèrent d'un coup sec ! Elles récupérèrent le papier plastifié à larges brassées. Il n'y avait plus rien dessous. Les fillettes le froissèrent avec des gestes brutaux pour évacuer leur peur. Elles le frappaient des poings :

– Tiens ! Tiens !

Elles en firent un gros bouchon…

– Flanquez-le dans la corbeille ! leur cria Omar.

Elles l'y jetèrent, l'y bourrèrent à coups de poing. Le papier chiffonné cependant, à cause de sa plasticité, se détendait en souplesse comme s'il respirait.

– Vous avez retiré les autres miroirs ? vérifia le directeur. Surtout ne les reposez pas. Fourrez-les dans vos poches !

Le chat noir trônait sur une table, des filles le caressaient.

– Est-ce que c'est vrai qu'il parle ? s'enquit Amélie.

– Et il crotte ! répliqua Alice toujours aussi aimable.

– De l'or ! précisa le chat avec orgueil. Dix-huit carats !

– J'adore–récolter–des–ignames–nourrissantes, chantonna une voix.

La classe pivota. Le ventre de Gwenn scintillait.

– Qu'est-ce que c'est que ça ? réagit le directeur.

– Heu…

Gwenn se dandinait avec embarras. Il tira la bombarde enveloppée de plastique de sous son pull-over.

– Donne-moi-le-mot-de-passe, chanta l'instrument, donne-moi-le-mot-de-passe-donne-moi…

– Mais qu'entendons-nous ? demanda le directeur.

– Heu… La bombarde d'or des Trolls, murmura Gwenn. Elle exauce les souhaits, il suffit de…

Un petit bruit sec retentit. Kevin cria :

– Holà !

Il cramponnait sa boîte brutalement agitée. Claire donna une information importante :

– Le bonhomme bleu est furieux ! Il tape des pieds partout !

– C'est vrai ! confirma Kevin. Si je n'avais pas tenu la boîte, il l'aurait renversée ! Il hurle comme un lion !

– Il rugit, corrigea le maître machinalement.

– Oui ! Comme un hippopotame ! affirma Kevin.

Le maître leva les yeux au plafond. Gwenn, pendant ce temps, déballait la bombarde. L'instrument chantait et brillait de plus en plus fort au fur et à mesure que l'enfant le dévoilait :

– Donne-moi-le-mot-de-passe-ou-je-chante…

– J'adore récolter des ignames nourrissantes ! lui lança Gwenn.

La bombarde s'apaisa. Le petit homme dans la boîte se déchaînait, Kevin avait peine à retenir la boîte.

– C'est à cause de la bombarde, soupçonna Antoine. On devrait la leur rendre.

– Ça, c'est vrai, miaula le chat noir. Les Trolls feront tout pour la reprendre, ils risquent même d'appeler les diables en renfort.

– D'ailleurs, ajouta Alice, le mot de passe pour la faire marcher change cette nuit.

– Heu… fit Gwenn, penaud.

– C'est vrai qu'elle peut procurer ce qu'on lui demande ? s'informa Boubakar.

– Tout !

– Demande-lui des marshmallows !

Dans la boîte, le petit homme bleu gigotait, au comble de l'exaspération.

– Il va finir par péter la boîte ! s'affola la grande Manuela.

– On ferait mieux de leur rendre la bombarde, répéta Antoine approuvé par Stanislas et Joseph.

– Donne-moi-le-mot-de-passe, murmura l'instrument qui récitait sa litanie.

– Oui ! Oui ! J'adore récolter des ignames nourrissantes ! riposta Gwenn pour avoir la paix.

Il déposa la bombarde précieuse sur le bureau du maître, mais elle continuait de jaser :

– Jardin-que-demandes-tu-maître…

– Des marshmallows ! suggéra encore Manuela. C'est bon, les marshmallows !

– D'accord ! accepta Gwenn. Donne-nous des marshmallows et que ça saute !

Alors ça sauta ! La bombarde d'or se mit à briller, à étinceler ! Les enfants se turent, ébahis…

– Caramba… liverne… murmura le maître.

– Mille pé… commença le directeur, mais il n'acheva pas.

La bombarde crachait. Les marshmallows jaillissaient hors de son pavillon à la vitesse de production d'une machine automatique. Ils roulaient sur le bureau, tombaient en pluie sur le carrelage, leur parfum puissant et doucereux se répandait dans la classe. Les enfants poussèrent une exclamation enthousiaste :

– Hourra !

– Attention ! Le bonhomme !

Kevin, distrait par le jaillissement miraculeux, avait délaissé son prisonnier. Il se retourna trop tard. La boîte, malmenée par les coups de pied du Troll, venait de chuter de la table sur le sol. Elle ne s'ouvrit pas sous le choc parce qu'elle était tombée sur le couvercle, mais le bonhomme à l'intérieur courait à présent sur la paroi cylindrique, de sorte qu'elle se mit à rouler à travers la classe. La bombarde continuait de chanter et de cracher.

– Attention ! Arrêtez-la ! criait Kevin.

Le bord du couvercle accrocha un pied de table. Les efforts violents du Troll accomplirent le reste : la boîte fut ouverte !

– Attention !

Le bonhomme bleu gicla comme une balle de golf. Il courut au bureau du maître et l'escalada. Les enfants s'égaillèrent en piaillant comme des étourneaux dans la classe...

– Arrêtez-le ! Arrêtez-le ! protestait Kevin.

– Non ! Non ! Ne le regardez pas ! criait le maître...

Le directeur retint Kevin :

– Reste ici !

Le bonhomme bleu était sur le bureau. Il plongea sur la bombarde en criant (et l'on devina le mot de passe plus qu'on ne l'entendit vraiment). La bombarde répondit « Jardin ». Un éclat lumineux fit reculer tout le monde...

– La... La... La bombarde ! balbutia Gwenn. Elle... Elle a disparu !

– Non ! Elle est devenue minuscule ! rectifia Éléonore.

– Le bonhomme l'emporte ! constata Joseph.

Le Troll avait sauté par terre du haut du bureau : un bond incroyable eu égard à sa petite taille ! Il traversa la salle comme un rayon lumineux, la bombarde sous le bras (elle continuait de chanter et de cracher). En deux secondes, il atteignit la corbeille à papier. Il fit une pirouette acrobatique en l'air et retomba dans le papier miroir chiffonné. Il s'y enfonça. Le papier tremblait, plusieurs marshmallows roulèrent entre les mailles de la corbeille jusque sur le carrelage. Il y eut une secousse. La bombarde se redressa, retrouvant soudain sa vraie dimension…

Elle fut attirée vers le fond, disparut dans le tas de papier comme un navire qui coule à pic. La lumière qui en provenait s'éteignit. Le papier ne bougea plus, à part cette longue respiration banale puisqu'il se détendait. La classe demeura subjuguée. Un odorant tapis de marshmallows recouvrait le sol. Le chat miaula :

– Il est reparti. Vous pouvez regarder…

Hésitant, Kevin souleva le papier miroir froissé entre le pouce et l'index. Deux marshmallows en tombèrent. Un troisième y était ébauché, pas achevé. Mais il n'y avait plus personne…

– Caramba ! grommela Gwenn. On aurait mieux fait de demander de l'argent !

Ses camarades récoltaient les friandises, en mangeaient bien sûr ! Le maître vida cinq cartons de livres afin de les stocker, mais il fallut encore en caser plein le placard. La pendule murale marquait seize heures vingt-huit. Le directeur soupira :

– Quelle chournée !

Il se dirigea vers la porte, un marshmallow à la bouche :

– Che vais informer l'inchpecchion, le commichariat et les pompiers que l'affaire est récholue, dit-il, la bouche pleine. Ils vont me rire au nez. Quelle chournée!

XVIII

La dame aux pigeons se reposait sur son banc, place de la Contrescarpe. Des enfants de l'école passaient, faisaient un petit coucou, s'arrêtaient parfois pour bavarder. Alice emportait son chat, Omar l'accompagnait.

– Alors ? s'enquit la vieille dame. C'est fini pour aujourd'hui ?

– On tâchera de faire mieux demain, répondit Alice.

– On a bien rigolé ! approuva Omar.

– Ri, corrigea Alice.

– Rrrrou ! Les paresseux ! roucoula un pigeon goguenard sur l'épaule de la vieille dame. Ils se sont roulé les pouces. C'est pour ça qu'ils sont satisfaits !

Omar ne se défendit pas. Alice, accroupie devant la vieille dame, caressait le chat. Il ronronnait, les yeux mi-clos.

– On s'attendait à te voir revenir par la librairie, murmura la vieille dame.

– C'est ce que je comptais faire, dit Alice. Mais tout s'est déroulé autrement.

– Je sais. Mes pigeons m'ont raconté. Tu as rapporté un chat. Il a belle allure.

Le chat se rengorgea, il adorait les compliments. La vieille dame le caressa.

– Ce n'était pourtant pas un chat que tu avais dessiné au dos de ton plan ? fit-elle finement.

– Rrrrou ! C'était un chien ! roucoula un pigeon. Et même un drôle de chien !

– Il ne faut pas parler de ça, miaula le chat noir en se redressant.

– Tu l'avais déjà vu, pas vrai ? demanda la vieille dame.

– Oui, murmura Alice.

– Devant la maison du gardien ?

Alice hocha la tête.

– Et tu n'avais pas peur ?

– Si, murmura Alice.

– Comment serais-tu passée ? dit la vieille dame. C'est tout de même surprenant que le gardien ne se soit pas manifesté !

Alice esquissa un sourire pâle :

– J'avais emporté du sucre.

Elle tira de ses poches une trentaine de cubes de sucre, et les exhiba sur ses deux mains jointes. La vieille dame sourit :

– C'est comme ça que tu étais passée la première fois ? devina-t-elle.

Alice hocha la tête.

– Mais le gardien ? insista la vieille dame. Tu avais écrit que c'était un fantôme. Il ne t'a rien réclamé cette fois ?

– Je ne l'ai pas vu, dit Alice.

– Pourtant, fit remarquer la vieille dame, tu étais de retour dans SON cimetière.

À ses pieds, le chat noir releva le museau. Poils hérissés, il miaula :

– Il ne faut pas parler de ça...

– Bah, fit la vieille dame. Ici, ça n'a plus d'importance...

– Il ne faut pas parler de ça, insista le chat. (Et, pour changer de sujet, il proposa :) Voulez-vous que je crotte quelque chose ?

Un pigeon déjoua la manœuvre :

– Rrrrou ! À quoi il ressemble, ton fantôme ?

– C'est... commença Alice.

Elle frissonna.

– Il ne faut pas parler de ça ! protesta le chat mécontent en faisant le gros dos.

Mais Alice parla, tout bas :

– C'est comme un brouillard, dit-elle. Des bouffées de buée... Ça sortait de la maison en bourgeonnant et ça s'étirait vers le haut avec des formes bizarres...

Elle tenait toujours le tas de sucre dans ses mains jointes.

– Hou ! Hou ! Hou ! hulula Omar en imitant un fantôme de cinéma, les bras tendus devant lui.

– Il ne faut pas rire de ça ! cracha le chat irrité en montrant les dents.

Il se réfugia sous le banc, derrière les pieds de la vieille dame. Alice frissonna derechef.

– Il fait froid, constata-t-elle. J'ai la chair de poule!

Elle se retourna. Une écharpe de brume provenait de la rue Mouffetard. Elle progressait vers eux à travers la place. Les consommateurs du café La Chope l'avaient repérée, et Louis, le garçon, avait fait une pause entre les tables. Les pigeons s'envolèrent. Alice demeura figée. La brume brassée s'effilochait par bouffées, rampait comme un petit nuage mousseux qui soudain enveloppa le banc.

– Caramba! Qu'est-ce qui se passe? s'écria Omar en faisant un bond en arrière.

– Brr! Il fait frisquet! se plaignit la dame aux pigeons tandis que le chat noir se terrait sous le banc, tête entre les pattes.

Alice ne disait rien. La brume s'éleva, comme aspirée, s'éloigna vers la rue Mouffetard, où elle disparut derrière les immeubles. La vieille dame respira. Elle vit la fillette encore blême et tremblante.

– Ce n'était qu'un petit nuage, dit-elle pour la réconforter. Un petit nuage espiègle, certes, mais…

À la terrasse du café, les consommateurs avaient repris les bavardages, et Louis son service. Alice regardait ses paumes ouvertes. La vieille dame vit qu'elles étaient nues, et que le sucre n'y était plus…

– Caramba! murmura la vieille dame aux pigeons en reprenant l'expression favorite des enfants. Tu ne vas pas me dire que c'était le… le… et qu'il… qu'il est venu chercher le sucre pour… pour son…

Elle n'achevait pas, n'osait pas achever ses phrases. Alice secoua la tête de haut en bas en guise de réponse. La vieille dame ne se remettait pas:

– Il est… il est venu réclamer son dû… balbutia-t-elle.

Le chat sortit de dessous le banc:

– Il ne faut pas parler de ça! rappela-t-il.

– Mais de quoi parlez-vous? demanda Omar qui n'avait rien compris.

– T'occupe, rétorqua Alice, toujours aussi aimable.

Les pigeons revenaient en planant se poser sur le banc et les bras de la vieille dame. Ils picoraient des graines sur sa robe. La vieille dame était épatée:

– Il est venu te réclamer le prix de ton passage pour son chien…

– Normal ! estima Alice.

Et elle secoua les épaules pour chasser les désagréables sensations.

– Qu'est-ce qui est normal ? lança une voix amusée. Pas de traverser les miroirs, je suppose ?

C'était le maître, M. Lebois, qui rentrait chez lui. Il salua la vieille dame. Les enfants agitèrent la main vers lui et se retirèrent en compagnie du chat. La vieille dame secouait encore la tête. Le maître soupira :

– Je suis épuisé ! Des journées pareilles sont plus éprouvantes que des semaines de travail !

– L'enseignement est un beau métier, murmura la vieille dame.

– Rrrrou ! Et il y a les vacances ! roucoula un pigeon.

– On en a bien besoin quand arrive la fin de l'année ! soupira le maître.

– Allons donc ! dit la vieille dame. Je parie que l'été, les enfantastiques vous manquent !

M. Lebois hocha la tête :

– Quelquefois, oui… Mais ce n'est pas une sinécure d'avoir des élèves qui marchent en l'air ou sous l'eau, qui trottent sur les murs ou pendent au plafond, qui disparaissent sans avertissement ou qui… Holà ! fit-il tout à coup.

Son cartable s'agitait, se tordait au bout de son bras, s'étirait en longueur, en largeur, se resserrait. Il se développa comme une valise puis comme une malle, et subitement, avec un claquement sec, il se transforma en épouvantail...

– Caramba! dit le maître en lâchant prise. (Et il ajouta, parce qu'il avait le sens de l'humour:)... taillon! (Carambataillon.)

L'épouvantail venait de se métamorphoser en fille qui sourit, fit une révérence et se retira.

– Sophie! s'écria le maître éberlué.

Sophie-la-curieuse s'en allait. Le maître ramassa ses livres et ses cahiers tombés sur la place. L'enfantastique, retournée, agitait les doigts de sa main droite vers lui gracieusement:

– À demain, monsieur! À demain!

– À demain... répondit le maître résigné.

Et même, il gardait le sourire.

Du même auteur à *l'école des loisirs*

Collection NEUF

Série des « enfantastiques » de la rue Marcel-Aymé

Ça alors !

Impossible !

Pas de panique !

Saperlipopette !

Et voilà le travail !

Allons bon !

Quelle affaire !

Mille sabords !

Formidable !

T'occupe !

C'est enfantastique !

Bizarre bazar !

Chapeau !

C'est partiii !

Série jeux d'écriture

Les sorcières sont N.R.V.

Les contes du miroir

La marmitEnchantée

Le métro méPAStro

Moi pas grand mais moi malin

Les sept sœurs Sapins

Le rhinocérossignol et le coca-koala

Un conte qui compte

Petit-Homme et les princesses

L.F.H.É. la sorcière

L'ogre et l'acrostiche

C'est bête mais saynètes

Satan bouche un coin

La princesse qui voulait se marier

Collection MOUCHE

Petit Grounch à l'école
Petit Grounch fait du théâtre
Petit Grounch et ses amis
Mouche et la sorcière
Mouche et la vieille aux cheveux rouges
Mouche et la mère Podcha

Collection MÉDIUM

Moteur! Dernières nouvelles du cinéma
Lumières noires
Les enquêtes de Glockenspiel